紫金流夢

——戀戀不捨的紅樓什物

朱嘉雯

自序

盡情地撕吧！——小物件．大妙用

朱嘉雯

我讀《紅樓夢》，起初常為許多細膩感人的場景所觸動，後來逐漸地注意起書中林林總總精采的小物件！這些物件雖小，藝術作用卻很重大！就像傳統戲台上一把不起眼的摺扇，各種行當的演員不僅可以用它來代替筆墨，演出風流儒雅的書寫動作，還可以虛擬為書信，順勢展開來閱讀，甚至可以比作刀槍，進行武行的精采打鬥。當它放在肩上，就成了扁擔；頂在頭上又像是帽子；雙手一托，還可以作為茶盤……

物件本身雖然微不足道，一旦上了戲台卻是妙用無窮！

《紅樓夢》裡的扇子在曹雪芹的筆下，也正似這般靈活地調度著各種人物豐沛的情感！例如第二十九回賈寶玉為了張道士提親，滿心煩悶不自在，又聽見林黛玉提起「好姻緣」三個字，越發逆了己意，索性賭氣向頸上抓下通靈寶玉來，咬牙恨命往地下一摔，摔了一下，通靈寶玉竟文風沒動。賈寶玉便回身找東西來砸！林黛玉見他如此盛怒，哭著喊道：「何苦來！有砸它的，不如來砸我！」說著，越發傷心，竟大哭起來。因心裡一煩惱，方才喝的香薷飲解暑湯藥便「哇」的一聲都吐了出來。紫鵑忙上來用手帕接住，登時一口一口地把一塊手帕都吐濕了。

紫鵑於是一面收拾了吐的藥，一面拿扇子替黛玉輕輕地扇著。寶玉見黛玉脹紅了臉，又是啼哭，又是氣湊，滿臉是淚，又是汗，實在不勝怯弱！因此後悔不該同她較證。

過了兩天，這對小冤家好不容易和好了，薛寶釵卻又不自在了！寶玉一句玩笑話：「怪不得他們拿姐姐比楊妃，原也體豐怯熱！」說得寶釵不由得大怒！可巧小丫頭靛兒因不見了扇子，跑來和寶釵笑道：「必是寶姑娘藏了我的。好姑娘，賞我罷！」寶釵於是借題發揮：「妳要仔細！我和你玩過？妳再疑我。和妳素日嘻皮笑臉的那些姑娘們跟前，妳該問她們去！」說得靛兒待不住，一溜煙了。

寶玉自知又把話說造次了，於是連著兩日來心中總是悶悶不樂，偏生晴雯上來換衣服，不防把扇子失了手跌在地上，將扇骨折斷了！寶玉又是一頓沒好氣：「蠢才！蠢才！將來怎麼樣？明日妳自己當家立業，難道也是這麼顧前不顧後的？」

晴雯向來是不讓人的，於是冷笑道：「二爺近來氣大得很，行動就給臉子瞧。前兒連襲人都打了，今兒又尋我的不是。要踢要打憑爺處治就是了。就是跌了扇子，也是平常的事。先時連那麼樣的玻璃缸、瑪瑙碗不知弄壞了多少，也沒見個大氣兒，這會子一把扇子就這麼著了。何苦來！要嫌我們就打發我們，再挑好的使。好離好散的倒不好？」寶玉聽了這些話，氣得渾身亂戰，因說道：「你不用忙，將來有散的日子！」

接下來是一群人好說歹說，才壓抑了怒火。及至晚間，寶玉回到怡紅院，一場關於扇子的好戲，就此登上了高峰！

寶玉笑著對晴雯說道：「這些東西原不過是借人所用，妳愛這樣，我愛那樣，各自性情不同。比如那扇子原是扇的，妳要撕著玩，也可以使得，只是不可生氣時拿它出氣。就如杯盤，原是盛東西的，妳喜歡聽那一聲響，就故意摔碎了也可以使得，只是別在生氣時拿它出氣。這就是愛物了。」

這一番「愛物論」，經典之至！除非賈寶玉，世間還有誰能道出？

恰好晴雯也是個霸王似的人物，聽了不僅不罷休，還揚聲笑道：「既這麼說，你就拿扇子來我撕。我最喜歡撕的！」寶玉聽了，便笑著遞與她。晴雯果然接過來，「嗤」的一聲撕了兩半，接著「嗤嗤」又聽幾聲。寶玉在旁笑著說：「響得好！再撕響些！」

正說著，這時麝月走過來說道：「你們少作些孽罷！」寶玉趕上來，一把將她手裡的扇子也奪了遞與晴雯。晴雯接了，也撕成好幾瓣，二人於是大笑！

麝月反而氣得了不得：「這是怎麼說，拿我的東西尋開心兒？」寶玉笑道：「打開扇子匣讓妳任意挑選吧，什麼好東西！」麝月道：「你既這麼說，何不把整個匣子都搬了出來，讓她盡力地撕，豈不好？」寶玉笑道：「說得對！妳就搬去。」麝月也許是吃味了，說道：「我可不造這個孽。她也沒折了手，叫她自己搬去。」

晴雯此時樂得倚在床上說道：「我也乏了，明兒再撕罷！」其姿態可為風情萬種！寶玉最後以一句甚是暢快的話，為今晚這齣大戲煞尾：「古人云，『千金難買一笑』，幾把扇子能值幾何？」一面說著，一面叫襲人。襲人走出來喚小丫頭佳蕙過來拾去破扇，大家乘涼，不消細說。

曹雪芹在此段文字中，做到了「有扇如無扇，用扇不見扇」的絕佳筆法，以區區一把扇子道盡了黛玉的病弱、寶釵的怒火、晴雯的嬌俏，以及麝月的守分……，除了扇子之外，還有髮簪、手絹兒、香囊、瓔珞、手爐、眼鏡、懷錶等等，紅樓人物的多重生活情貌，往往藏在小小物件中，隨時隨地發生著微妙的作用。這麼多精采可期的故事，就等著你來探索！

目次

卷二　極致品味·享受人生

卷三 曠世派對・時尚風流

卷四　歡聲笑語・豪門風雲

卷五 風流平生·淺斟低唱

卷一：

盤金彩繡　珠寶乾坤

窗上一片光輝奪目！
——大觀園裡的玻璃窗

二〇一一年底，台北故宮博物院曾經舉辦一場別開生面的「康熙大帝與太陽王路易十四特展」。那時節，人們曾將十七世紀中葉，分據於歐亞大陸兩端，各自建立起輝煌盛世的君王，拉近距離，細細地加以比較。從個人、家庭到功業，以及兩國文化的互相影響與習染……，都在這項展覽中，得到了充分的發揮。

如今我們再從一個小細節出發，看看這個時期，兩國宮廷的裝潢素材與風格，也許還能觀察到當年未曾留意到的有趣話題。

誠如世人所知，法國凡爾賽宮最著名的廳堂，非「鏡廳」莫屬。那是路易十四時期，建築師儒勒・阿爾杜安・芒薩爾的傑作。鏡廳由十七面巨大的鏡子，以及以三十八塊玻璃面構成了花窗與牆面，將室內的金碧穹頂與戶外的錦繡花園折射掩映得光芒萬丈、華麗異常！

其實我們今天回過頭來欣賞北京紫禁城養心殿的「梅塢」，也會發現，它有很美麗的玻璃花窗。在黃色琉璃瓦的下方，一整排的玻璃窗，那是冰裂紋櫺格支窗，與冰裂紋橫披窗。此處西山牆外，還有一小窗，以梅紋作為窗罩。這景致，使我們想起同一時期的經典文學作品《紅樓夢》。在這部小說裡，主人公賈寶玉所居住的「怡紅院」也是由多幅鏡面與玻璃窗所構成的。

小說第十七回寫到省親別墅剛剛落成，賈政帶著眾清客以及賈寶玉進去巡視，來到怡紅院裡，大家目不轉睛地觀賞室內的陳設，在這裡是分不出隔間來的。原來此院落四面都是雕空的玲瓏木板，而且造型各異，有「流雲百蝠」、「歲寒三友」等圖式，也有山水人物、翎毛花卉，或集錦，或博古，或卍福卍壽等各種花樣，每一幅隔板都是出自名雕刻家的手筆，所到之處五彩銷金嵌寶，委實觀之不盡！

此外，滿牆滿壁上皆是珍藏骨董器玩的多寶格，有：琴、劍、瓶、書等等，引得眾人讚歎：「好精緻啊！難為怎麼想得出來！」

看著看著，賈政等人卻都迷路了，大夥兒左瞧也有門可通，右瞧又有窗暫隔，及至到了跟前，又被一架書給擋住了去路。想要回頭再走，不知為何又被透明紗窗所阻！忽然間，他們看見迎面也進來了一群人，卻都與自己的形象一樣，仔細一看，原來是照見了一架大玻璃鏡！一旦轉過鏡子，朝鏡面背後走去，竟然越發門窗多了……。

這座《紅樓夢》裡的「鏡廳」，讓曹雪芹描述得迷離惝恍，瞻之在前，忽焉在後。然而故事到了第三十四回，當怡紅院的玻璃窗映照出戶外綺麗的景致時，那就更加地令人心旌搖盪了！那時，大觀園裡來了一群嬌客，有豔光四射的薛寶琴、氣韻雅麗的邢岫煙、腹有詩書的李紋和李綺……，大家約定一同籌組詩社，好好地風雅一場！

到了次日一早，賈寶玉滿心裡記掛著要和眾姊妹作詩，一整夜都沒好生睡，天一亮了就爬起來，掀開床簾帳子一看，雖然門窗尚掩，然而已可見窗上一片光輝奪目！他的心裡立刻想道：必定是放晴了，日光出來了。於是他連忙起身來揭起窗簾，從整面的大玻璃窗內往外一看。原來不是日光，竟是一夜大雪，下得將有一尺多厚，而且天上仍是搓綿扯絮一般，飄落著白色的雪花，將大觀園妝點得裹素銀妝，令人驚豔！賈寶玉此時簡直是歡欣非常！

由《紅樓夢》裡的玻璃窗與穿衣鏡，我們不難想見，清朝初年，在康熙、雍正到乾隆年間，皇室與貴冑之家，已經開始使用玻璃窗鏡來裝飾房舍廳堂了。果然，在清宮內務府的檔案，我們找到乾隆三十八年在寧壽宮的門窗上，加裝玻璃的工程紀錄。時間再往前推，雍正皇帝一上台，便以養心殿光線陰暗為由，在東、西窗與穿堂安裝了透明玻璃。

到了雍正五年，皇上又命人到銀庫找出一塊玻璃，安裝在圓明園萬字房的窗戶上。當時乾隆還是皇子，他為此題了一首詩《玻璃窗》云：「西洋奇貨無不有，玻璃皎潔修且厚。小院軒窗面面開，細細風櫺突紗牖。內外動達稱我心，虛明映物隨所受。風霾日射渾不覺，几筵朗徹無塵垢。」

雖然在康熙年間，皇室內務府已建設了玻璃廠，由西洋傳教士主持，然而當時只著重製造小型器皿，大片平面的窗鏡玻璃仍有賴進口，因而價格極其昂貴！這也就是乾隆所說的：「西洋奇貨無不有。」然而當時富有的人家使用玻璃門窗的機會還是有的。我們看李斗的《揚州畫舫錄》中提到當時民間豪宅，使用彩色玻璃裝飾窗櫺的情景時。他曾描述這樣人家的庭院有水池和涼亭，沿著園中小徑走，眼前會突然出現一座玲瓏高聳的大山石，造型奇特古怪，還有藤蔓攀沿其上，周圍煙靄雲影繚繞，景象極為靈動。山石之下，有一座小廳，門上匾額書寫：「一片南湖」四個大字，兩旁有對聯，上聯是杜甫的詩句：「層軒皆畫水」，下聯是張九齡的詩句：「芳樹曲迎春」。

最美的是，這棟小屋的所有窗櫺都鑲有五色玻璃，因此被眾人稱之為：「玻璃房。」

從曹雪芹的寫作，到皇室、富戶的居家生活，穿衣鏡與玻璃窗照顯出中國園林設計，逐漸受到西洋鏡廳式建築的影響，不僅室內採光愈趨明亮，而且阻隔了風霜塵霾侵染家具，最美妙的是，人在屋裡也可以隨時感受到大自然的召喚……。

玻璃窗與穿衣鏡的出現，無疑是為考察十七世紀東、西方建築裝潢史，提供了一道亮麗繽紛的文化橋梁。

瓶中美人
——關於美麗花瓶的故事

相較於西洋玻璃鏡窗，映照出一片透明、朗澈的新世界，《紅樓夢》裡的中國瓷瓶則訴說著幽婉動人的閨閣情思。這裡有三支稀世的美人瓶，盛裝著女性幽微難言的心情故事。

汝窯美人觚——王夫人的內心世界

《紅樓夢》裡寫到許多珍貴優美的瓷器，這些細緻易碎的器物，乘載了作家悠遠的回憶。因此在我們的現實生活中也有這樣的可能性，只要輕輕觸碰一件淡忘已久的家具或物品，其間的故事便如同涓涓細水，源源地湧流訴說著令人感懷的陳舊憶往。

曹雪芹曾經為他筆下的幾位風格舉迴異的女子，寫了幾支花瓶，而每一支花瓶都是女性意象的延伸。小說第三回，林黛玉初進賈府，見過眾人之後，首先到了王夫人的內室。這間臥房顯現出了富貴卻不奢華的氣象，臨窗有一座大炕，鋪著腥紅毯子，周圍擺放著許多大紅、石青，以及秋香色等金線繡花的靠枕。

炕上放著一對梅花形的小茶几，左邊茶几上有爐瓶三事，那是燃起滿室清馨的源頭，有小香爐、銀匙和香盒。因此，當我們走進這間屋子，便要細細地品賞王夫人記憶裡的沉香。而作者特別點出她所用以薰香的乃是一尊骨董——文王鼎。

清代的文王鼎通常在形制上仿周朝青銅器，材質卻是鎏金掐絲琺瑯，於冬季貴婦人的起居室裡，特別顯得溫暖而且貴重。至於右邊的小茶几，則凸顯了一支很特殊的花瓶——汝窯美人觚。汝窯以溫潤典雅的天青釉產燒於十二世紀北宋時期，它是皇家精緻風尚的最高美學標誌，也是瓷器藝術在技術上達到卓越境地的展現。

王夫人炕上右邊梅花小几所擺設的汝窯花瓶，顯現著清幽崇高的氣質，與左邊几上璀璨光華的文王鼎，雙雙呼應對照，又各具歷史底蘊和豐美的感官饗宴。只不過這支花瓶的形制稱為「觚」，讀音就是「孤獨」的「孤」。它的瓶口和圈足雖然都很開闊，但是瓶身卻甚狹長，而且具有弧線的造型，彷彿女性纖細窈窕的腰身。因此在《紅樓夢》裡特稱之為「美人觚」。

王夫人是賈寶玉的母親，她出身於金陵城四大家族的王家，從她的內姪女王熙鳳殺伐決斷的氣魄中，我們可以想見她的姑姑王夫人也應是一位見識廣博的大家閨秀，從小受到嚴格的教養，與李紈、元春、寶釵等人是一樣地受到約束的人生。因此，在她長年心中鬱悶無處排遣的漫長婚姻與家庭生涯裡，為了凸顯她孤寂的形象和生命情調，曹雪芹就以一支「美人觚」來襯托她寂寥憂傷的身影。

汝窯花囊．水晶菊——探春的才智

《紅樓夢》第四十回劉姥姥隨著賈母進了大觀園，李紈首先迎了上來，含笑道：「老太太高興，倒進來了！我只當還沒梳頭呢，才掐了菊花要送去。」一面說，一面喚碧月捧來一個大荷葉式的翡翠盤子，裡面以清水養著萬紫千紅的各色折枝菊花。賈母便選了一朵大紅的簪在自己鬢上。又回頭對劉姥姥笑道：「過來帶花兒吧。」一語未了，鳳姐兒先拉過劉姥姥，要笑著說：「讓我打扮妳！」說著，把整盤絢麗的折枝菊花，橫三豎四地都插在了劉姥姥的頭上了。

這是個多麼明媚的秋天哪！正當遼闊無際的大地上，青草木葉紛紛枯黃的時候，朱紅紺赭的菊花彷彿體現了高明的油彩畫家對生命的強烈感受。那豔麗如陽光般泛著金色光輝的菊花，是大觀園即將舉辦一場風華絕代女性美學沙龍的前奏曲。

劉姥姥隨著眾人遊賞了瀟湘館、紫菱洲，一頓充滿爽朗歡笑的午宴，使得大觀園的秋意愈加顯得耀眼奪目！及至眾人來到探春所居住的「秋爽齋」，才真正體會到澄清而又縹緲的秋思。

秋爽齋那三間不曾隔斷的屋子，一洗富貴華靡的氣象。此處的女主人公心胸闊朗大方，猶如西風將渺遠的天空刷得無盡高遠一般，那南飛的大雁一聲啼鳴，人間萬物都聽得見這峭厲的回響。

屋裡正中間放著一張花梨木大書案，桌芯鑲著整片的大理石，案上磊著各種名人書法字帖，並數十方寶硯，還有各色筆筒、筆海內插的筆如樹林一般。這是一間文人的書齋，體現了探春和一般姑娘不同的氣度與格局，同時她也有發起詩社的雅興和治理家政的才能，這些思慮精細、氣質爽朗的特質，在在使人彷佛望見了深秋澄清無波的碧海之上，因強烈的白光照耀而閃動著粼粼的波紋。

最能展現秋爽齋女主人清爽明朗心境的，是書房另一邊擺設著一個斗大的汝窯花囊，釉色如同雨過天青般溫潤自然而純淨的青瓷花囊裡，插著滿滿的水晶球白菊，典雅內斂的瓶花藝術，透露女主角寧靜如美玉一般的氣質。一旁牆上掛著大幅米襄陽的《煙雨圖》，左右各有一副對聯，乃是顏魯公墨跡，寫道：「煙霞閑骨格，泉石野生涯。」使人聯想起柔美的秋天夜晚，透明雲朵沒來由地飄過當空，淡淡地遮住了月光，使田野籠罩在一片輕煙之上，直教人墜入夢境，就是在夢裡也似水一樣地閑適清漾，胸中頓時為那柔和的深秋情意所滌淨了。

除了青瓷花瓶之外，秋爽齋紫檀架上還放著一個北宋大觀窯的天青瓷大盤，盤內盛著數十個嬌黃玲瓏的大佛手。青綠與嬌黃，如此含蓄質樸的色澤搭配，也是心靈純淨的寫照。與之對稱的是洋漆架上懸著一個白玉比目磬，旁邊還掛著小木錘。劉姥姥的小孫子板兒想要摘那錘子來擊磬，丫鬟們忙攔住他。他又吵著要佛手吃，探春便拿了一個與他說：「玩罷，吃不得的。」

東邊便設著臥榻，那是一座懸著蔥綠雙繡花卉草蟲紗帳的拔步床。板兒又跑過去，指著紗帳上精繡的草蟲紋樣說道：「這是蟈蟈，這是螞蚱……。」我們從小娃兒的指頭上已經感受到那一點點極微細又極柔軟的薄紗觸覺，登時秋蟲的唧唧聲與蟈蟈偶然間的幾聲伴奏，將我們的心帶往了雲雀的高度，和牠一同歡唱，吟詠這一塵不染、晶瑩透明的大觀園秋之禮讚。

美女聳肩瓶——妙玉的情衷

無論我們一生中曾經談過多少次戀愛，我想每一段愛情的發展，都有一個「X」型的趨向。起初互不相識的兩個人，他們會慢慢地看見對方的清澈的眼眸、閃亮的髮絲，在陽光下燦爛的笑容，月光裡柔美的聲音，於是兩人愈走愈近，直到交會的那一個亮點在生命裡豁然閃現！猶如短暫而美好的生命樂章，直接攀升到了響音的最高峰。

這也許是個集眾人之力，推波助瀾所湧現的浪顛；也或許來自情人間，心手相連而取得的甜美果實。這一刻是個嶄新的境界，只供二人徜徉，再怎麼親密至厚，也容不下第三者介入。然而也就是從這一刻開始，情人間每一天用一種形式互相道別，從大環境的丕變到心情上的滄海桑田，「X」的尾端逐步擴展，情人於是漸行漸遠……。所有情人的交往，在時空長河的上空俯視，都像是個美麗的擦身而過，重點在於是否曾經交會。

《紅樓夢》裡的寶玉和妙玉，他們特殊的愛情模式其實也未曾脫離這樣的宿命趨向。在美麗繁華的大觀園裡，妙玉這個深閉禪關的美女，她的心思是很不明朗的，因為她身為女尼的特殊境況，也因為她孤傲的天性，還有那高貴不凡的出身，使讀者迷眩在她所賞玩的骨董瓷器之間，竟忘了體貼她最切身的情欲與愛戀。

這一段戀情最獨特的地方在於，她是以目空一切、冷淡無情的蔑視眼光，逐漸的吸引寶玉和她走上了交會點。《紅樓夢》的四十一回是有名的篇章，故事中顯見妙玉刻意引起寶玉的注意，她正用著欲迎還拒的態度，盼望和寶玉拉近距離。因此先將寶釵和黛玉的衣襟一拉，二人隨她出去，那寶玉自然也就會悄悄地隨後跟了過來。這是妙玉非常聰明的地方。

來到了妙玉自己的起居室，只見她先讓寶釵和黛玉二人坐在耳房內，那寶釵坐在榻上，黛玉便坐在妙玉的蒲團上。妙玉然後便逕自走向風爐上搧滾了水，泡了一壺茶來。寶玉一步跨進門來便笑道：「偏妳們就可以吃體己茶。」寶釵和黛玉二人也都笑道：「你又跑來騙茶吃。這裡可沒有你的份哦！」

妙玉剛要去取杯，只見道婆收了前面劉姥姥等人用過的茶盞進來，忙命她們：「那些成窯的茶杯別收進來了，擱在外頭吧！」寶玉立刻會意，她知道妙玉有潔癖，因為那杯子劉姥姥用過，她嫌骯髒，就不想要了。又見妙玉另拿出兩只杯子來。一個旁邊有一耳，後面有一行小字寫的是「晉王愷珍玩」，又有「宋元豐五年四月眉山蘇軾見于秘府」一行小字。妙玉便用此杯斟了茶遞與寶釵。另一個杯子形似缽而嬌小，也是一件古瓷珍品。妙玉再斟一杯遞與黛玉。

接下來，妙玉竟隨手拿起自己日常用的綠玉斗來斟茶與寶玉，引得寶玉刻意調侃道：「常言『世法平等』，他們二位就用那樣古玩奇珍，我怎麼就只有這個俗器了？」妙玉反唇譏刺道：「這是個俗器？不是我說句狂話，只怕你家裡未必找得出這麼一件俗器來呢！」寶玉笑說：「俗話說『隨境入俗』，我們到了妳這裡，自然得把那些金玉珠寶之類的東西一概貶為俗器了。」妙玉聽出這話對她是莫大的恭維，心中十分歡喜，因此又去尋出一個九曲十環一百二十節蟠虬整雕竹根的一個大杯子來，笑著說：「我這裡就剩了這一個了，如果給你，你可吃得了這一大杯？」寶玉喜得眉開眼笑，忙說道：「我吃得了！」妙玉偏又不給他了：「你雖吃得了，也沒這些茶讓你糟踏。沒聽說過：『一杯為品，二杯即是解渴的蠢物，三杯豈不成了飲牛飲驢了?!』如今讓你吃下這一大杯，成了什麼了？」說得寶釵、黛玉、寶玉都笑了！

妙玉旁若無人，與寶玉調笑自如，兩人之間的距離已是近在咫尺。她的心很雀躍！而且感到滿意，這才親自執壺，向竹杯裡斟了茶讓寶玉品賞她的好茶與茶藝。寶玉果然細細地品味了一番，真是輕淳無比，於是誠心誠意地賞讚不絕！妙玉也回復了正色，說道：「你這遭吃的茶是托她二位的福，獨你來了，我是不給你的。」寶玉心領神會，立刻笑答道：「我深知道的，我也不領妳的情，只謝她二人便是了。」在俏皮的言語交流之間，寶玉和妙玉已逐漸地取徑於愛情，至少完成了初步地試探。其實他們都在等待，等待著因緣俱足的那一天，也許就能跨越身分的藩籬，共享甜美的愛情果實。

真實的景況是妙玉內心熾熱的火焰，與她現實生活中出家人的身分，拉開了一個令人悲哀絕望的距離。寶玉和妙玉真正走到交叉點的那一刻，時序已走進了隆冬臘月，作者用「不寫之寫」的筆法，讓這兩位礙於現實身分，無法私自相處的準情人，得到一場只存在於讀者想像之中的「梅園相會」。

《紅樓夢》第五十回，大觀園眾才女在蘆雪庵一面觀賞窗外霏霏的落雪，一面熱絡地爭連聯即景詩句。眾女兒們玩得興致奇高！最終李紈笑道：「逐句評去，只是寶玉又落了第。」寶玉笑道：「我原不會聯句，只好擔待我吧。」李紈不肯：「也沒有社社擔待你的。又說韻險了，又整誤了，又不會聯句了，今日必罰你！我才看見櫳翠庵的紅梅有趣，我要折一枝來插瓶。可厭妙玉為人，我不理她。如今罰你去取一枝來！」眾人都拍手笑道：「這項處罰果然又典雅又有趣！」

因緣俱足的時刻，往往在不經意之間到來，寶玉當然樂為，欣然領命，答應著就要走。湘雲、黛玉卻一齊說道：「外頭冷得很！你且吃杯熱酒再去。」於是湘雲執起壺來，黛玉遞了一個大杯，滿斟了溫酒。湘雲笑道：「你吃了我們這酒，要是取不來，可要加倍罰你！」寶玉忙忙吃了一杯，便冒雪前往櫳翠庵，在眾人的強烈要求下，與佳人會晤。

最有趣的是，李紈原本要派人好好跟著寶玉。黛玉忙阻攔說道：「不必！有了人，反不得了。」李紈亦心領神會地點頭說：「是。」她們都靈敏地意識到，除非是讓他二人單獨相見，否則妙玉將會以避嫌為藉口，對寶玉不假辭色。

於是寶玉和妙玉終於得到了一個難逢的機緣，在大雪紛紛的紅梅花海中，一個冰封得如同玻璃水晶球的兩人世界裡，以熱豔如火的心，貼近滿園姿態橫曳，朵朵爆滿綻放於白茫茫霜雪間的瀲豔紅梅。在大觀園這個冷絕了的人際空間裡，寶玉和妙玉竟然也有一段屬於他們的時空，細細地啜飲著彼此內心深處最柔軟的蜜蕊。

蘆雪庵這頭，大夥兒也沒閒著，李紈一面命丫鬟將一個「美女聳肩瓶」拿來，貯了水準備插梅，因又笑道：「等寶玉回來，我們該詠紅梅了。」湘雲立即搶著說道：「我先作一首！」寶釵道：「今日斷乎不容妳再作了。妳都搶了去，別人都閑著也沒趣。等寶玉回來，還要罰他，他說不會聯句，如今就叫他自己作去！」黛玉也笑道：「這話很是！我還有個主意，方才聯句不夠的人，等一會兒就作紅梅詩吧。」於是眾人商議好：「就用『紅梅花』三個字作韻，每人一首七律。邢岫煙作『紅』字，李紋作『梅』字，薛寶琴作『花』字。」李紈道：「饒過寶玉去，我不服。」湘雲忙道：「有個好題目命他作。」眾人問：「何題？」湘雲道：「命他就作『訪妙玉乞紅梅』，豈不有趣？」眾人聽了，都說：「有趣！」可知從李紈、寶釵、黛玉到湘雲，人人此刻的心思都盤桓在寶玉訪妙玉一事之上。

在眾人翹首引頸，心思懸念之間，寶玉終於回來了。只見他笑紋紋地「扦」了一枝紅梅進來。丫鬟們忙接過來，插在瓶內。眾人都來賞玩。

「扦」這個字當作動詞用，音同「前」。在曹雪芹的時代，相當於「掮」，就是把東西扛在肩上，是吳語方言。可是到了程乙本，高鶚卻將此處修改為「擎」了一枝紅梅。「擎」是高舉的意思，雖僅一字之差，卻已經破壞了賈寶玉披著雪簑，獨自掮著紅梅的俊逸姿態。每回讀到這裡，都覺得好可惜！修辭涵養與造詣的差別，就在極細微的地方展現它的意趣！而這支「美女聳肩瓶」一簡直是妙玉的化身，她本人未到，對於眾人的影響卻無所不在。而寶玉爽朗地笑道：「妳們如今賞吧！也不知費了我多少精神！」這句話又幾乎要逼出他和妙玉之間微妙的關係，然作者卻收攝得住，一切都留給讀者自行去想像了。我們只見曹雪芹話鋒一轉，探春早又遞過一鐘暖酒來，眾丫鬟走上來，接了蓑笠撣雪去了。

大家細看著妙玉為寶玉精心挑選剪下的這枝梅花，有二尺來高，旁有一橫枝縱橫而出，約有五六尺長，其間小枝分歧，或如蟠螭，或如僵蚓，或孤削如筆，或密聚如林，花吐胭脂，香欺蘭蕙，眾人一時耽溺在妙玉高雅的情致意境裡，不禁個個稱賞！

此後，直到初夏，賈寶玉過生日，當天夜裡，眾姊妹和他玩笑筵宴，鬧了個通宵，一直開懷歡唱到四更天，才東倒西歪地各自睡去。

早晨寶玉剛梳洗完，正吃茶，忽然看見硯台底下壓著一張紙，忙啟硯拿了出來，卻是一張粉箋字帖兒，上面寫著「檻外人妙玉恭肅遙叩芳辰。」寶玉看畢，直跳了起來！忙問：「這是誰接了來的？」襲人、晴雯等見了這般，不知當是哪個要緊的人來的帖子，忙一齊問：「昨兒誰接下了一個帖子？」四兒飛跑進來，笑說：「昨兒妙玉並沒親來，只打發個媽媽送來。我就擱在那裡，誰知一頓酒就忘了。」眾人聽了，鬆了一口氣：「我們當是誰，這樣大驚小怪！」只有寶玉仍然鄭重其事，忙命人：「快拿紙來！」

寶玉愈是慎重看待妙玉，愈是不知該如何落筆寫回帖，於是先去請教了妙玉當年的老鄰居邢岫煙，岫煙看見這柬帖，還只顧用眼上上下下細細地打量了寶玉半日，方笑道：「怪不得她上年竟給你那些梅花。」

賈寶玉聽了邢岫煙的指點，親寫了覆柬：「檻內人寶玉熏沐謹拜」，親送至櫳翠庵門口，並不敲門張揚，僅是從門縫裡遞進去，然後便悄悄地離開了。這完全是妙玉理想中的接觸模式，賈寶玉在無形中如有神助，得到邢岫煙這位如意軍師的指點，又通過了一次絕代佳人的試煉。只不過這一回，他們完全沒有碰面，而且隨著大環境局勢的江河日下，他們將宿命似地漸行漸遠。

「欲潔何曾潔，云空未必空。」妙玉在日後因受相思之苦，故而坐禪不穩，那一夜到了五更，空氣寒顫起來。正要叫人，只聽見窗外一聲響，遂更加害怕，便又再度叫喚人。豈知那些婆子都不答應。自己坐著，突然覺得一股香氣透入囟門，手足便先麻木，而不能動彈，口裡也說不出話來，她心中更自著急。只見一個人拿著明晃晃的刀進來。此時妙玉心中很明白，有強盜進來了，只是她完全不能動，她知道這強盜想是要殺自己，於是索性橫了心，倒也不怕。哪知那個人竟把刀插在背後，騰出手來將妙玉輕輕地抱起，輕薄了一會兒，便拖在背上。可憐一個極潔淨的女兒，被這強盜的悶香熏住，由著他擺弄去了，日後下落如何，連作者也不忍妄擬，只能說「到頭來，風塵骯髒違初願。」

另一邊，賈寶玉已越過了人生無數愛與恨的重重關口，逐漸走向了檻外的解脫之道。那日在毘陵驛，天空乍寒下雪，賈政客中所坐的船停泊在一個清靜的地方，他在船中寫家書，才寫到寶玉的事，便停筆。抬頭忽然看見船頭上微微的雪影裡有一個人，光著頭，赤著腳，身上披著一領大紅猩猩氈的斗篷，向賈政倒身下拜。賈政一看，不是別人，卻是寶玉。他大吃一驚，忙問道：「可是寶玉嗎？」那人只不言語，似喜似悲。賈政又問道：「你如何這樣打扮，跑到這裡來？」寶玉未及回答，只見舡頭上來了一僧一道，夾住寶玉說道：「俗緣已畢，還不快走！」說著，三個人飄然登岸而去。賈政不顧地滑，疾忙來趕，卻哪裡趕得上？只聽見他們三人口中唱道：「我所居兮，青埂之峰。我所遊兮，鴻蒙太空。誰與我遊兮，吾誰與從？渺渺茫茫兮，歸彼大荒。」

每一段愛情，都是兩個交錯的身影。妙玉這終身潔愛的檻外人，最終竟是流落風塵；而寶玉這俗塵的膏粱紈絝，卻不料等在命運終點線的卻是飄然出世的僧道之旅。愛得艱難渺茫，世人都不怕，唯願真心交會的那一刻，彼此曾經看見過對方最美麗的靈魂。

拔絲金工

——平兒的蝦鬚鐲

都說玻璃和瓷器是易碎品，需要珍藏者小心翼翼地呵護著，誰知在《紅樓夢》裡，偏偏是黃金首飾遭到了毒手！

在賈府這樣的大戶人家裡，女孩子們手上經常配戴著金手鐲，不僅如此，連王夫人身旁一等一的大丫頭都以「金釧兒」來命名。然而這些女孩們手臂上的金釧究竟是什麼樣的形制？讓我們先來看看平兒的一對「蝦鬚鐲」。

小說第四十九回寫道史湘雲和賈寶玉商量著烤鹿肉吃，只見老婆們拿了鐵爐、鐵叉、鐵絲幪來，隨後鳳姐打發平兒來，湘雲見了平兒，那裡肯放！平兒也是個好玩的，素日跟著鳳姐兒無所不至，見如此有趣，樂得玩笑，因而褪去手上的鐲子，三個圍著火爐兒，便要先燒三塊來吃。

那邊寶釵、黛玉平素看慣了，然而寶琴與李嬸等人卻以為罕事。不久之後，探春笑道：「你聞聞，香氣這裡都聞見了，我也吃去。」只見湘雲一面吃，一面說道：「我吃這個方愛吃酒，吃了酒才有詩。若不是這鹿肉，今兒斷不能作詩。」寶琴披著鳧靨裘只是站在那裡笑。湘雲說道：「傻子，過來嘗嘗。」寶琴笑說：「怪髒的。」寶釵道：「你嘗嘗去，好吃的。你林姐姐弱，吃了不消化，不然她也愛吃。」寶琴聽了，便過去吃了一塊，果然好吃，便也吃起來。

大夥吃得開心，吃畢，洗了手。平兒回頭要戴鐲子時，卻少了一個！左右前後亂找了一番，蹤跡全無。鳳姐卻說她知道這鐲子的去向，此後在第五十二回裡寫出原來是怡紅院裡的墜兒偷的。平兒當時便說道：「究竟這鐲子能多重？原是二奶奶的，說這叫做『蝦鬚鐲』，倒是這顆珠子重了。」

所謂「蝦鬚鐲」是說金絲極細的意思。清朝人稱極細的竹簾子為「蝦鬚簾」，是以蝦子細長又有韌性的觸鬚為比喻，形容極纖細精美的事物。因此「蝦鬚鐲」就是以金絲編成的鐲子。

明清時期，金器店有所謂「拔絲作」，就是專門拉細金絲的工作坊。把黃金拉成細絲，再以之編織成各種首飾器皿，這是黃金工藝最精細的呈現，它的價值不在黃金本身的重量，而是具有驚人的工藝技巧。此類飾品最為聞名的是明代十三陵定陵出土的萬曆皇帝朱翊鈞的「翼善冠」，以及皇后的鳳冠等。

至於蝦鬚鐲上的珍珠，則可能是產自東三省黑龍江等處的「東珠」。其中以出自混同江、烏拉寧古塔河中的珠子最大最好，瑩潔勻圓，每一顆東珠可重達半兩。當年查抄和珅家產的清單中便有「桂圓大東珠十粒」，可以想見這些大如桂圓的東珠，有多麼貴重了。

海外奇珍

——貓兒眼、祖母綠

黃金固然貴重，然而《紅樓夢》可是一個充滿奇珍異寶的大千世界！小說裡除了如假包換的貴重首飾之外，還不乏來自海外的寶貨。故事第五十二回寫到西洋珠寶時，真是令人異常地驚豔！薛寶琴向詩社眾人講述自己的海外親身經歷時，說道：「我八歲時節，跟我父親到西海沿子上買洋貨，誰知有個真真國的女孩子，才十五歲，那臉面就和那西洋畫上的美人一樣，也披著黃頭髮，打著聯垂，滿頭戴的都是珊瑚、貓兒眼、祖母綠這些寶石，身上穿著金絲織的鎖子甲、洋錦襖袖；帶著倭刀，也是鑲金嵌寶的，實在畫兒上的也沒她好看。有人說她通中國的詩書，會講『五經』，能作詩填詞，因此我父親央煩了一位通事官，煩她寫了一張字，就寫的是她作的詩。」

真真國的女孩兒顯然是個西洋女子，一頭金黃色的頭髮編成了辮子，開口卻是中文，不僅通五經，還會做詩填詞。她身上的珠寶，有珊瑚、貓兒眼和祖母綠，其中的貓兒眼，又稱為石英貓眼，或貓眼石。它是一種很珍貴的寶石。不僅本身帶有濃淡變化的色彩，而且寶石的中間還呈現出一道淺白色的光芒，就像貓的眼睛。

事實上，石英貓眼的發光原理在於礦物中含有纖維狀或針狀物質，當這些內含物與寶石的結晶方向一致時，再經過人為的加工切磨，以至形成立體凸面，一旦內含物受到光的照射，人們就可以見到寶石中有一道明亮的光帶，同時在轉動寶石的時候，這道明亮的光帶會隨之閃動，因此又被稱為「活光」，那時就更像是貓的眼睛了！

貓眼石會隨著本身的晃動或是光照角度的改變，而靈活地移動當中的光帶，甚至會出現自由的開合變化，有時從一條細細的光帶逐漸變得寬，然後幻化為兩、三條，最後再合成一條，這種光學現象，實在給人捉摸不定的神祕美感，因此使人們感受到一股靈氣。戴在吟詠漢詩的西洋女子身上，必然更加凸顯出她變化不定的美。

至於祖母綠，則更是所有寶石中最美豔的！在歐洲神話裡，配戴祖母綠的正是愛神維納斯！她用神的魔力守護著兩情相悅的戀人，使他們至死不渝！因此自古以來，祖母綠便是忠貞愛情的象徵。中國到了元、明時期，才有祖母綠的輸入。明朝陝西督指揮使胡侍在《墅談》一書中指出：「祖母綠即元人所謂助木剌也，出回回地面，其色深綠，其價極貴，而大者尤罕得聞。成化間，宮裡以銀數千兩買得重四、五兩者一塊，以為稀世之寶。」胡侍出身於寧夏銀川，正是今天的回族自治區。他家鄉所特產的稀世之寶，竟戴在了海外西洋女子的身上，正可見十六世紀以降，從陸路到海洋，人們在奇貨貿易上往來之頻繁了！

輕暖・防雪・零著感

——梟鼲裘與雀金呢

賈府中人，不僅首飾精工講究，服裝與日常生活的保養更值得我們以文學放大鏡來細細地觀摩與檢視。尤其每到冬天寒流來襲的時候，我總會想起一段賈寶玉冬日清晨的保暖日記來，這一段文字使我們深刻地體會到《紅樓夢》裡，賈府貴族人家是如何注重日常保暖的。

小說第五十二回記述隆冬時節，一大清早天色昏暗，看來是要下雪了。寶玉醒來之後，忙起身披衣。大丫頭麝月先叫進小丫頭來，幫忙收拾妥當了，才命秋紋和檀雲等都進來，一同服侍寶玉梳洗。這時只聽麝月說道：「天又陰陰的，只怕有雪，穿那一套氈的吧！」寶玉點頭，即時換了衣裳。

接著，小丫頭便用小茶盤捧了一蓋碗建蓮紅棗兒湯來，這道賈寶玉愛喝的早點，乃是福建所出產的通心蓮子，它能維持身體正常代謝功能，再加入補血的紅棗一起熬煮成湯。寶玉喝了兩口。然後麝月又捧過一小碟法制紫薑來，紫薑就是生薑，李時珍在《本草綱目》裡說道：「凡早行、山行宜含一塊，不犯霧露清濕之氣。」寶玉噙了一塊，再出門，可以促進血液循環，產生熱能。只是因為有點辛辣，所以只是含著，不敢嚼。接著他便往賈母處走來。

到了賈母的屋裡，那時賈母猶未起床，知道寶玉要出門赴壽宴，於是開了房門，命寶玉進去。寶玉見賈母身旁有寶琴面朝裡睡著，也還未醒。賈母檢視寶玉身上穿著荔色哆羅呢的天馬箭袖，「哆羅呢」也稱為「哆羅絨」，是清朝初年，荷蘭進貢的上等絨布，表面閃爍著如明鏡一般的光澤！一匹絨布價值一、二百金！根據《大清會典事例》記載：「順治十三年，荷蘭國進物中有哆羅絨，康熙六年又進哆羅呢和哆羅絨。康熙九年，西洋國進哆羅絨。康熙二十五年，荷蘭國又進哆羅呢和哆羅絨。雍正五年，西洋國又進大紅哆羅呢，乾隆十七年又進各色哆羅呢。」至於「天馬」則是白狐皮草的美稱。

除此之外，寶玉外罩一件大紅猩猩氈盤金彩繡石青妝緞沿邊的排穗褂子。賈母看他這一身裝束，便問道：「下雪了嗎？」寶玉回答：「天陰著，還沒下呢！」賈母便命鴛鴦來：「把昨兒那一件烏雲豹的氅衣給他吧。」一般金貓的毛色多為紅棕或灰棕色，而且背部有斑紋，像《紅樓夢》裡所見這種近於黑色的黑金貓，較為少見，也有一種說法是集狐之項下細毛而成的輕暖皮裘。那時鴛鴦答應了，去了不久果然取了一件來。寶玉看時，卻是金翠輝煌，碧彩閃灼，又不像寶琴所披的那件凫靨裘。關於凫靨裘，清代《聞見瓣香錄》記載了它的手工與材質：「鴨頭裘，熟鴨頭綠毛皮縫為裘，翠光閃爍，豔麗異常，達官多為馬褂，於馬上衣之，遇雨不濡，但不暖，外耀而已。」

賈寶玉不認得眼前這件氅衣，只聽賈母笑道：「這叫作『雀金呢』，這是哦囉斯國拿孔雀毛拈了線織的。前兒把那一件野鴨子的給了你小妹妹，這件給你吧！」寶玉磕了一個頭，便披在身上。賈母笑道：「你先給你娘瞧瞧去再去。」寶玉答應了，便出來。見過王夫人之後，便帶著茗煙、伴鶴、鋤藥、掃紅等小廝，跨上一匹雕鞍彩轡的白馬，揚長而去了。

「百蝶穿花紅襖」與「五爪坐龍白袍」

——堪稱視覺藝術的棉襖

華美的皮草，固然是《紅樓夢》裡不容忽視的精采服飾。然而更重要的是，作者在雲錦與緙絲等繁複講究的絲綢做工上，所展現的描述功力與藝術創作思維！事實上，在中國歷來的傳統小說裡，從來沒有一部書如同《紅樓夢》這樣，細膩詳盡地描寫貴族人家生活的衣食住行與茶酒戲樂，乃至民俗遊藝等各方面的學問。

故事第八回曾寫道賈寶玉要喝冷酒，薛寶釵笑道：「寶兄弟，虧你每日家雜學旁收的，難道就不知道酒性最熱，若熱吃下去，發散的就快；若冷吃下去，便凝結在內，以五臟去暖他，豈不受害？」

薛寶釵說賈寶玉「雜學旁收」，其實真正雜學旁收的人是曹雪芹。他因為出身江寧織造，因此對於服飾藝術的講究，尤其令人歎為觀止！舉凡面料、工藝、款式到花色，他都可以寫得極為精細！

王熙鳳首度登場的時候，作者寫她「身上穿著縷金百蝶穿花大紅洋緞窄褃襖，外罩五彩刻絲石青銀鼠褂；下著翡翠撒花洋縐裙。」所謂縷金，即片金，是在織布的時候即加入金線，使整塊大紅緞面的布料閃爍著耀眼的金光！接著又在這塊布料上繡著百蝶穿花圖案，以此做成一件合身的錦襖。這部書往後所有的服飾，都是在這樣的規模底下寫就的。如果曹雪芹對於這一領域不熟悉，那斷乎不可能有這樣細緻的鋪寫。

然而曹雪芹最可貴之處還在於他意識到自己正在寫小說，因此他也希望讀者站在小說的角度賞析這部作品。他在開篇處寫得很清楚，他說這部書的故事背景之朝代紀年與地輿邦國皆「失落無考」。他不願讀者因為考證地輿邦國、朝代紀年而損失了閱讀小說的樂趣。

於是他讓北靜王水溶出場時，頭戴「潔白簪纓銀翅王帽，穿著江牙海水五爪坐龍白袍，繫著碧玉紅帶」，這王爺袍子的下襬繡滿了山石和波浪，因此特稱為「江牙海水」。那龍袍上的龍，如果是龍頭往上，稱為升龍；龍頭往下稱為降龍；龍頭正面叫做正龍；如今這件袍子上的龍頭是側面的，因此稱為「坐龍」。

此處唯獨「白袍」卻令人費解！自古以來各級官員袍色中，從沒有見過白色的，我們僅在戲台上的十色蟒中見過白蟒袍。於是我們明白了曹雪芹此處的設計，顯然是想要煙雲模糊化故事裡的時空背景，教人在虛實之間看不出任何時代特色，以便更清晰地意識到這是一部小說。因他以收放自如、萬物皆為我所用的筆調，將民俗服飾自由地加工剪裁，並羅列於書中，為人物的藝術造型賦彩，同時帶給讀者耳目一新的視覺饗宴！

雲錦妝花緞

——貴重的織金服飾

除了有意識地以織錦作為文學意象和隱喻之外，曹雪芹的家族實際上在清代初期康熙年間，正是南京的江寧織造府。這所衙門負責供應清皇室所使用的雲錦妝花等織品，特別是龍袍、補服等衣物。曹雪芹自幼在織造府耳濡目染，因此撰述《紅樓夢》時，對於南京雲錦一類名貴的衣料，如數家珍。賈府中人的服裝品質，配色與紋樣等，都在他的生花妙筆之下，傳達著小說人物的審美情趣，許多情節都描寫得細緻熨貼，令人難忘。

第五十二回：賈母見寶玉身上穿著荔色哆羅呢的天馬箭袖，大紅猩猩氈盤金彩繡石青妝緞沿邊的排穗褂子。賈母道：「下雪了麼？」寶玉道：「天陰著，還沒下呢！」在即將下雪的晦暗天氣裡，賈寶玉一身大紅盤金彩繡斗篷，那是何等地閃爍輝煌！在石青的面料上作妝花緞，是雲錦工藝中最講究的一門挖花盤織手藝。

這門手藝可以回溯至明代嘉靖年間，當時嚴嵩倒台抄家，其家產造列清冊，取

「太陽一出冰山落」，將這本清冊名為《天水冰山錄》。這份清單上記載，共抄得黃金三萬多兩，白銀二百萬兩，相當於當時全國一年的財政總稅。此外還有田畝百萬，房屋六千多戶，無數珍寶古玩字畫……。

這份清單中僅絲綢一項中的妝花一類就有：妝花紗、妝花雲紗、妝花補紗、妝花緞、織金妝花緞、妝花絹、織金妝花絹、妝花、妝花潞、妝花羅、織金妝花羅、妝花改機、妝花絲布、織金妝花絲布、妝花雲布、妝花焦布、妝花錦等十七類。

「妝花」是雲錦織造中最為複雜的工藝技術，也是南京地方最具代表性的緹花絲織品。它運用了各種不同顏色的彩絨，在局部的花紋上作盤織，以凸顯色塊間的層次感，以及強調配色的自由度。

關於南京專門負責管裡織錦的官署，最早可追溯自東晉義熙年間，建康城已設立了「鬥場錦署」。此後歷經元、明、清三代，皇室都在這裡設置官辦織錦局。特別是元代，在南京設立東織染局和西織染局。東織染局在夫子廟附近，西織染局則在水西門莫愁湖一帶。

事實上，元朝在蒙古人統治下，全國各地都設有織染刺繡機構，包括「朔州」，也就是今天的北韓平壤一帶，都設有專門織金錦和金呢絨的織局。而這些織造機構，有些隸屬於皇太后，有些則屬於公主，每年生產御衣、龍袍、蟒袍，以及各色花素緞匹，專供皇室使受。

在元代近百年的統治期間，建康織造局的規模日益發展興盛，成為南京絲織工藝的先驅，尤其是雲錦一門藝術在當時已奠定了相當完善的基礎。

燦若雲霞遍地金

燦若雲霞的錦緞羅紗，是人見人愛的織品。它展現了古代工匠精湛的工藝技術。同時也在各種紡織原料的使用上，達到令人瞠乎其後的藝術效果。

以黃金製線為例，中原第一批金線，出現在隋朝，當時有波斯國進貢的金線錦袍，這一件來自伊朗高原燦爛輝煌的服飾，拉開了中國金線織品的華麗舞台。

製造黃金織品的第一步是先練就捶打金箔的技術，我們看明代宋應星《天工開物》等著作中，都提到這項繁複的工序。首先將金塊融化，待其凝成片型，再捶成金葉，如此退火再打，直到金葉僅剩0.1公分薄。此時金箔容易為喘氣所吹飛，因此要輕輕地用羽毛將金箔移到竹紙內包存。

接下來，捻金線的製作過程，簡言之，是以蠶絲做線芯，再將金箔塗黏料旋繞於線芯，手工極為細膩。明、清時代有所謂「遍地金」的錦緞工藝，從皇帝到富貴百姓都以金線與朱紅、寶藍、明黃、墨綠、月白、淺絳……等種種彩色絨線，以及孔雀羽線等，織成華麗的服裝。

《金瓶梅》第十五回，寫道正月十五裡，西門慶的眾妻妾到李瓶兒的新家去賞燈。那日吳月娘穿著「大紅妝花通袖襖兒，嬌綠緞裙，貂鼠皮襖。」李嬌兒、孟玉樓和潘金蓮則都是白綾襖兒、藍緞裙。他們三人的坎肩兒則不相同，李嬌兒是沉香色遍地金比甲，孟玉樓是綠遍地金比甲，而潘金蓮則是大紅遍地金比甲。頭上都是珠翠堆盈，鳳釵半卸，鬢後挑著許多各色燈籠兒。

登樓看燈時，潘金蓮還刻意「把白綾襖袖子摟著，顯她遍地金掏袖兒，露出那十指春蔥來，帶著六個金馬鐙戒指兒」。如此裝束，引得樓下看燈人見了，都以為是哪家公侯王府裡出來的宅眷，要不就是貴戚皇孫家的豔妾。可見明代山東一代富豪人家的服飾，已與京城時尚相仿。

至於《紅樓夢》第五十二回，更出現了一襲以金線與烏羽織成的雀金裘。那時賈寶玉身上的雀金裘被小火星燒出一個洞來，正在感冒的晴雯辯說道：「這是孔雀金線織的，如今咱們也拿孔雀金線，就像界線似的界密了，只怕還可混得過去。」可是麝月卻笑道：「孔雀線現成的，但這裡除了你，還有誰會界線？」晴雯道：「說不得我掙命罷了。」寶玉忙道：「這如何使得！才好了些，如何做得活？」晴雯道：「不用你蝎蝎螫螫的，我自己知道。」

晴雯一面說，一面坐起來，挽了一挽頭髮，披了衣裳，只覺頭重身輕，滿眼金星亂迸，實實撐不住。待要不做，又怕寶玉著急，少不得恨命咬牙捱著。便命麝月只幫著拈線。晴雯先拿了一根比一比，笑道：「這雖不很像，若補上，也不很顯。」寶玉道：「這就很好，哪裡又找俄羅斯國的裁縫去！」

其實以黃金線、翠鳥羽所織繡的貴重服飾，用不著到俄羅斯去找，自隋、唐以來，這一類金翠輝煌的織品，早已是絲綢古國的時尚風貌了。

珠圍翠繞

——從赤金點翠的麒麟說起

《紅樓夢》第二十九回，作者寫賈母帶著鳳姐兒、寶玉、黛玉、寶釵等一塊兒到清虛觀打醮、聽戲，觀裡的張道士送給寶玉一盤賀禮，那時寶玉坐在賈母的身旁，因而叫一個小丫頭捧著方才那一盤子賀禮到他面前來，隨手翻弄尋撥著，有好玩好看的，就一件一件地挑給賈母看。這時賈母突然看見了一個赤金點翠的麒麟，便伸手拿了起來，一面笑道：「這件東西，好像我看見誰家的孩子也戴著這麼一個。」寶釵隨即笑著回答：「史大妹妹有一個，只是比這個小些。」賈母恍然大悟道：「原來是雲兒有這個。」

古代首飾以翠鳥的羽毛點翠的工藝，大約始於齊梁時代，南朝梁簡文帝在〈冬飛伯勞歌〉中寫道：「誰家總角歧路陰，裁紅點翠愁人心。」又〈女冠子〉一詞中也有：「綠雲高髻，點翠勻紅時世。」因為翠鳥的身體非常嬌小，羽毛的量自然也很少，甚至有一種說法是必須活取，才能保持寶藍鮮亮的色澤。因此這項能使貴族女性「滿頭朱翠」的精緻工藝到了宋代便遭到禁止。宋太祖曾下了「鋪翠」的禁令。一直到南宋高宗紹興年間，皇帝在科舉策試時還親自強調要嚴格立法禁止「鋪金」與「鋪翠」。並且逐漸研發出以金、翠等色澤的琉璃來取代摭取翠鳥身上羽毛的工藝，這不僅是為了嚴禁奢靡的社會風俗，同時也體現了民胞物與、生養萬物的博愛仁德精神。

然而到明清兩朝，點翠工藝又解禁了，而且人們在金銀胎上鋪翠的手工技術甚至發展得更為繁複多樣。「點翠」於是成為一種獨門的金工藝術，清代宮廷甚至設立專門的蒐藏與管理中心來負責集中點翠藝術品的製作與保存。當時銀庫中並設有「點翠匠」一心一意製造所謂的「翠活計」。我們今天還能看到故宮博物院「雍正十二美人圖」中，許多美人珠圍翠繞的華美裝飾，便可以為明證。《紅樓夢》的作者曹雪芹出身於江寧織造，是專責宮廷絲綢首飾的府衙，在這樣的貴族人家裡，點翠自然是稀鬆平常之物了。

翎毛花卉　巧奪天工

——《紅樓夢》裡的刺繡藝術

《紅樓夢》第五十三回，寫到了中國最頂級的「緙絲」，是一系列上好的紫檀木透雕屏風，上面嵌著大紅色的透明薄紗，繡有花鳥，並草書詩詞。這項作品非常稀罕！偌大的賈府也只有層峰的的賈母才有所收藏，而且輕易不拿出來展示。那一回還是在大過年期間，為款待種多親近的女眷，才取出來作為陳設。那日在賈母的花廳上，一共擺設了十來個席位，每一席的小桌几上都設有薰香的「爐瓶三事」，香爐內焚著御賜的百合宮香，背景則是布滿山石和青苔的新鮮花卉小盆景。此外，還以古瓷的茶壺與茶杯，沖泡上等的茗茶。在這樣優雅貴氣的老夫人宴會花廳裡，那幅草書和花鳥的刺繡作品，可展現了老太太的品味與眼光。曹雪芹更進一步介紹了這一套刺繡的作者：「原來繡這瓔珞的也是個姑蘇女子，名喚慧娘。她也出身於書香宦門之家，而且精通書畫，偶然繡過一兩件針線作品，當作是興趣，繡著玩兒的，並不是要賣的。況且她在這屏風上所繡的花卉，都是仿唐、宋、元、明各著名書畫家所畫的折枝花卉，因此格式與配色都極其雅緻，絕不是一般市面上濃豔風格的匠工所能比擬。屏風上除了折枝花卉以外，還繡著古人的詩詞歌賦，這是用黑絲絨線，繡出來的草書字體，所有字跡的勾踢、轉折、輕重、連斷等等，都與書法無異，所以也不像市面上一般的繡字那樣，字跡刻板僵化。慧娘的刺繡不是為了獲利，所以雖然聞名於天下，然而世宦富貴之家，很少人能得到她的刺繡作品，如今刺繡界稱之為『慧繡』。」介紹完「慧繡」之後，曹雪芹更著力編織了一個關於慧娘的傳奇故事：「偏這慧娘紅顏薄命，十八歲就過世了，如今這慧繡竟不能再得一件了！凡擁有慧繡的收藏家，手邊也不過一、兩件，都珍藏著捨不得用。還有一些翰林學士、讀書的先生們，因為深深地愛惜『慧繡』這樣的精品，便說這『繡』字不美，反而唐突了佳人，因此大家商議，將『繡』字改成『紋』字，於是如今都稱為『慧紋』。後來市面上的仿冒品，便層出不窮，很多人靠著仿製慧繡，獲得很大的利潤！收藏家若有一件真正的『慧紋』，那是價值無限的！」

話鋒又帶回到賈府，賈母手邊原有三件慧紋，去年曾將一件精品進貢皇室，如今只剩下兩件，一共十六扇屏風，賈母愛如珍寶！平常的宴客，絕不拿出來陳設，只留在自己房裡，供精緻聚會時享用。

其實，這樣秀麗典雅的女紅，並不是第一次被寫入文學作品，比《紅樓夢》稍早，有一部被學者考證是蒲松齡所創作的《醒世姻緣傳》，就曾以精美的繡品來訴說故事。小說家說道：有一位極端怕老婆的富家子弟，名叫狄希陳。他開了一個玩笑，因此得罪了商人張茂實夫婦，張茂實從南京買來兩套昂貴的「顧繡」衣裙，張茂實的太太騙狄希陳的太太說：狄希陳也買了一套，害得狄希陳被妻子狠打！最後花了幾十兩銀子從張茂實手裡買下一套顧繡衣裙來送給妻子，這事才算罷休。在《醒世姻緣傳》裡所提到的「顧繡」，實際上就是《紅樓夢》裡「慧紋」在當時社會上的真實名稱，也就是明代松江府露香園的「顧繡」。話說「顧繡」的品質極高，一般人一眼就能辨識出顧家的刺繡比別的繡品，不知要高明多少倍！因此《紅樓夢》裡的「慧紋」，其實是小說家曹雪芹將「顧繡」藝術化改寫的成果。

說起明代松江府上海顧名世的家族，乃是當時著名的書香門第，顧名世是嘉靖年間的進士，官拜尚寶司丞，這便是掌管皇宮寶物的官員，因此他曾見過許多大內名貴的骨董、字畫、書籍等等，堪稱見多識廣，同時擁有豐富的字畫收藏和極高的藝術修養。影響所及，他家裡的女眷也都愛好文藝，個個擅長書法繪畫，也都精於女紅、刺繡，因為她們都著力於追求自身的藝術造詣，因此「顧繡」遠近馳名！顧名世曾經在上海構築一座花園宅邸，園中有一池美麗的水塘，顧名世特別請來當時有名的書法家趙文敏親題「露香池」三個字，因此這座花園便稱為「露香園」。

人們因為太喜愛顧家女眷將繪畫意境帶入刺繡作品，使得每一幅佳作都值得細細品味，無論是精湛的技法、典雅的風格，都堪稱舉世無雙，因此特稱之為「露香園顧繡」。

露香園與豫園齊名，是明代著名的三大園林之一，後來不幸在鴉片戰爭中被炸毀！如今在各大博物館所珍藏的少數幾幅顧繡，最頂級的作品應以顧名世的孫媳婦韓希孟的作品為代表。韓希孟自號「武陵繡史」，她的刺繡充分展現出高超的藝術涵養，試圖在繡品中展現花鳥山水人物的神韻，因此她慎選繡線及布料，運用靈活創新的針法，發揮鍥而不捨的精神，將花鳥山水繪畫與女紅刺繡藝術融合無間，《紅樓夢》裡的慧娘，或許就是以韓希孟為藍本進而創作的典型人物。

卷二：極致品味　享受人生

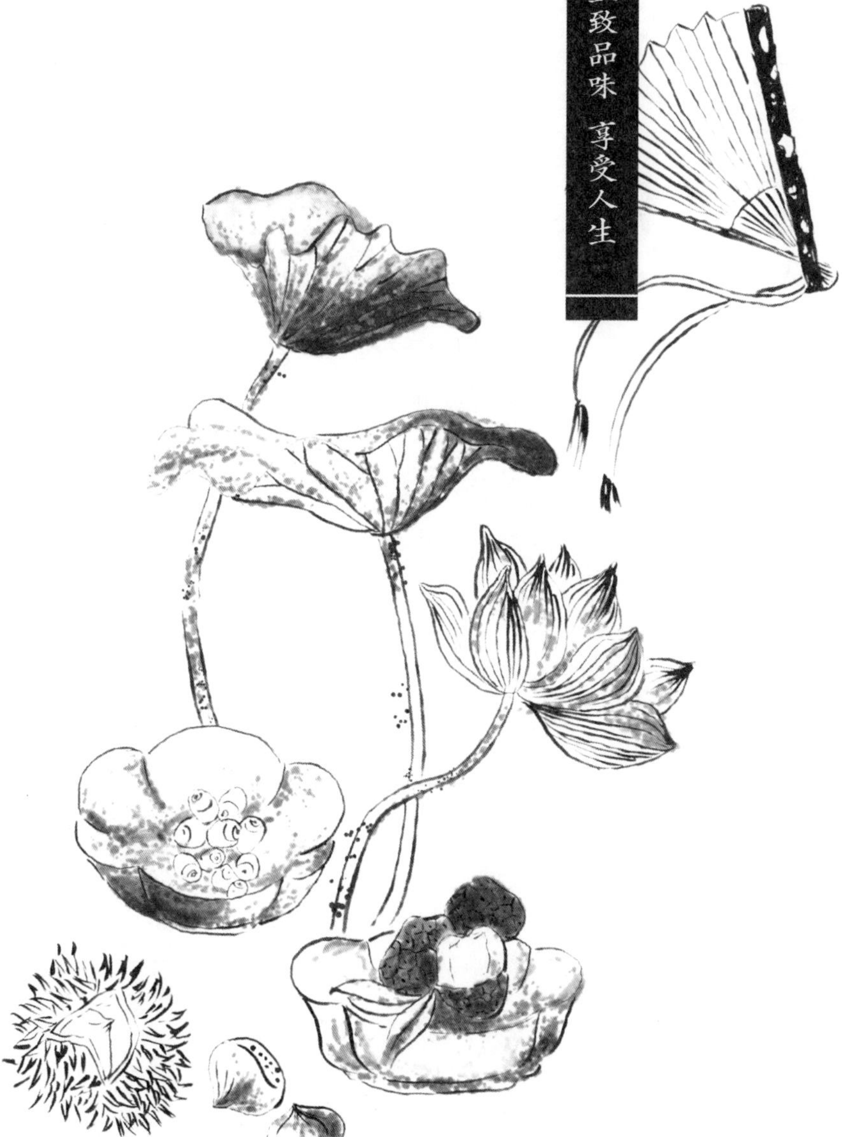

小騷韃子

——少女們的男裝

《紅樓夢》的諸多人物形象，經常涉及有趣的性別論述議題。相較於賈寶玉、北靜王、秦鐘、柳湘蓮、蔣玉菡等男子的女性化傾向，王熙鳳與林黛玉自幼被當作男兒教養，前者擁有學名，後者專聘西席讀書寫詩。凡此，可使讀者見識到這部書裡的性別交錯，與曹雪芹特殊的兩性文化觀。

此外，史湘雲與芳官等人好著男裝，則是更有意思的性別問題。第四十九回「琉璃世界白雪紅梅　脂粉香娃割腥啖膻」，在大雪天裡，眾人服裝俱是華麗鮮妍，一時史湘雲來了，她穿著賈母給她的一件貂鼠腦袋面子、大毛黑灰鼠裡子、裡外發燒的大褂子。頭上帶著一頂挖雲鵝黃片金裡大紅猩猩氈昭君套，又圍著大貂鼠風領。

見到史湘雲如此帥氣的打扮，林黛玉先笑道：「你們瞧瞧，孫行者來了。她一般的拿著雪褂子，故意裝出個小騷韃子樣兒來。」湘雲自己也笑了，還讓大家欣賞她的服飾：「你們瞧我裡頭打扮的。」一面說，一面脫了褂子，只見她裡頭穿著一件半新的靠色三廂領袖秋香色盤金五色繡龍窄褙小袖掩襟銀鼠短襖，以及短短的一件水紅妝緞狐服褶子，腰裡緊緊束著一條蝴蝶結子長穗五色宮絛，腳下也穿著鹿皮小靴。

史湘雲這副裝扮，愈發顯得蜂腰猿背，鶴勢螂形。眾人都樂得笑道：「偏她只愛打扮成個小子的樣兒，原比女兒妝更俏麗了些。」

《紅樓夢》裡的人物除了姓名之外，也經常出現綽號，而且往往十分逗趣兒！亦頗能凸顯人物鮮明的性格，例如：「呆霸王」薛蟠、「浪蕩子」賈璉、「醉金剛」倪二……等等。

在上述第四十九回故事裡，眾人踏雪尋梅，服飾也是各領風騷。個性直爽的史湘雲便穿著賈母賞給她的裡外兩面各有貂毛的大褂子，頭上還戴著挖雲造型的昭君套，再圍上一件豪華風領。乍看之下，教人分不出是男是女，林黛玉遂以孫行者和小騷韃子，來打趣她。

關於「小騷韃子」一詞，柴桑《京師偶記》引葉子奇《草木子》說道：「元朝北人，女史必得高麗，家童必得黑廝，不如此謂之不成仕宦。今旗下貴家，必買臊韃子小口，以多為勝，竟相誇耀，男口至五十金，女口倍之。按所云黑廝，即昆侖奴之類，清初亦有蓄之者。」

由上述這段引文可知，當時旗人貴族家庭喜好收買小黑奴與蒙古族的僕婢。因此林黛玉口中的「小騷韃子」便是對史湘雲的調侃。面對這個特殊詞彙，各家版本均不見詳註，不過我們在曹寅《楝亭書目》卷三中看到其豐富的藏書之中，亦有一套《草木子》，那麼曹雪芹也有可能是從他祖父的藏書中，找尋到了這個新鮮的詞彙，並靈活運用在他的小說創作裡，不僅讓「小騷韃子」成了一位大家閨秀的臨時綽號，同時也活化了這個久已不被人使用的骨董詞彙。

耶律雄奴

——芳官的匈奴妝

提到《紅樓夢》裡，女性以男裝打扮的特殊造型，除了我們談過史湘雲的「韃子」扮相之外，還有怡紅院裡芳官的「匈奴妝」。

針對這段故事，《石頭記》早期抄本中的各家版本均已刪除，僅有《庚辰本》和《戚序本》保留了全貌。那是在第六十三回「壽怡紅群芳開夜宴」，因看見芳官梳了頭髮，挽將起來，還戴了些花翠，賈寶玉頓時興起了一個有趣的念頭，於是命她改妝。

首先將芳官周圍的短髮剃了，露出碧青的頭皮來，保留頭頂的胎髮，然後戴上大貂鼠臥兔兒帽子，腳上穿一雙虎頭盤雲五彩小戰靴，散著褲腿，只用淨襪厚底鑲鞋。

妝扮完成之後，又說道：「芳官這個名字不適合，竟改了男名才別致！」因此改稱「雄奴」。芳官十分稱心如意，開心地說道：「我已經扮成了男人的樣子了，以後你出門也帶我去，有人問起，就說我和茗煙一樣是小廝就是了。」

寶玉笑道：「別人還是看得出來的。」芳官笑著說道：「我說你笨。咱家現有幾家土番，你就說我是個小土番兒。況且人人都說我打聯垂好看，你說呢？」

所謂「打聯垂」就是像蒙古族的男性一般，將頭髮編成好幾個環形的髮辮。原來古時候的蒙古人留著一種叫做「呼和勒」的髮型，其樣式像漢族小孩兒在頭頂留著三搭頭，將頭頂周圍一圈的頭髮皆剃去，僅留前髮而剪短散垂，將兩旁的頭髮編成髮辮，垂懸於左右肩膀。有時甚至將額頭上的頭髮也都剃掉，再將後腦的頭髮編成幾股髮辮，下垂於背後或是編成垂鬟。

賈寶玉聽說芳官喜歡打聯垂，扮成蒙古人的樣子，於是開心地說道：「這樣太好了！我常見與我們家來往的官員們，身旁多帶有外國僕從，因為他們熟習鞍馬，使喚起來，都叫番名。我如今也給妳取個番名，就叫『耶律雄奴』。『雄奴』與『匈奴』相通，都是犬戎的名姓。」

芳官也笑著打趣寶玉：「既這麼著，你就應該去操習弓馬，學些武藝，挺身出去拿幾個反叛回來，盡忠報國。何必借我們來鼓唇搖舌，自己關起門來尋開心呢！」

賈寶玉和芳官在大觀園裡玩起了扮裝的遊戲。有趣的是，芳官的最新造型和名字已經跨越了性別和種族的界線，反映出當時貴冑之家的生活習尚。也許作者還希望藉由這段文字來為大觀園裡的青年男女們，探索生命中的各種可能性與無限多元新風貌。

「韋大英」與「炒豆子」

——小姐們身旁的假小廝

古來才子佳人的小說裡，經常出現小姐與丫鬟共處的溫馨畫面，也有像杜麗娘對春香那樣，顯露出聰明與憨頑兩相對照的情景，更精采的則是崔鶯鶯對紅娘心存戒心時，所流露出的一種女性特有的心機……。

在《紅樓夢》的世界裡，紫鵑對林黛玉的忠心摯誠，令人感動！鶯兒與薛寶釵互相搭配得宜，讓寶玉不知不覺地陷入了女人親手編織的情網；王熙鳳的身旁絕少不了平兒，這對主僕的存在，凸顯出大家族中少奶奶與得力助手之間，隨時互為消長的權勢與利害關係。

然而曹雪芹不甘於僅寫出如此刻板的主僕畫面，他在小說情節進入高峰時，順勢帶出了大觀園裡，小姐們一窩蜂興起將小女僕改扮男裝的特殊風氣。故事至為精采！而且要從梨香院的小戲子們身上說起。

《紅樓夢》第六十三回，賈寶玉過了一個狂歡的生日派對之後，一覺醒來，竟發覺芳官睡在自己的身旁！想是昨晚大家都喝多了，連害羞都忘了，就橫七豎八地胡亂睡下。寶玉向芳官笑道：「我若知道妳睡在我旁邊，我就在妳臉上抹些黑墨！」

接著他見芳官起床梳了頭，挽起髮髻，還戴上些花翠，連忙命她改妝，先將周圍的短髮和鬢角都剃了，露出碧青的頭皮來，頭頂的髮絲再加以中分，打起環狀的辮子，像元朝蒙古人的髮型，最後戴上大貂鼠臥兔型的帽子，足下改穿虎頭盤雲五彩小戰靴……。

在一連串替芳官設計改扮成男裝之後，又說道：「芳官之名不好，竟改稱男名才別致。」因又改作「雄奴」，複姓「耶律」。這時芳官十分稱心，得意之情溢於言表。

其實賈府二宅內，確實有外國奴隸，那都是早先在戰爭中所獲賜的囚奴，然而也只不過令他們飼養馬匹罷了，多數都不堪大用。如今史湘雲見賈寶玉有了一個假扮的外國番奴，一時高興起來，因為她自己的身型特別高䠷，腰細肩寬，蜂腰猿臂、鶴勢螂形，是故平常最喜歡的就是武扮，每每自行束鑾帶，穿折袖，遠遠看見，眾人都以為是個俊俏小子！於是她也樂得將在她屋裡服侍的葵官扮成個小子。

那葵官在以前戲班還未解散時，唱的本工戲就是花臉，因此是習慣刮剃成短髮的，這樣比較便於在臉上塗抹粉墨油彩。她的手腳極伶便，三兩下將自己打扮成一個小子，堪與主人史湘雲配對。李紈與探春看了也喜愛得不得了！隨後又見寶琴將她房裡的荳官也打扮成一個小童，頭上束兩個丫髻，短襖紅鞋，只差塗臉，便儼是戲上的一個琴童了。

大夥兒玩性不減，史湘雲將葵官改名「韋大英」，暗合「惟大英雄能本色」之語。因說道：「得改了這名字，葵官才更像是男子。」而荳官的身量和年紀都極小，又極鬼靈精怪，所以名為荳官。大觀園裡眾人經常親暱地喚她作「阿荳」，或叫她「炒豆子」。如今既已改扮男裝，寶琴於是重新喚她做「荳童」。

這一時間，風氣上來，小姐帶著貼身丫鬟已不再時興，如今大家都流行配個假小廝在身邊，既新鮮又別致，如果可以的話，最好是像寶玉那樣，帶個異族的小土番出門，才顯得時髦又有趣呢！

物華天寶，春生秋實

——寶玉的體貼與巧思

在日常生活裡，我們經常會選擇不同的器皿來搭配各種食材；而面對各色折枝的鮮花，人們也喜歡挑選相得益彰的花瓶，來凸顯瓶花的整體藝術造型。

在這個面向上，《紅樓夢》的主人公賈寶玉可謂盡得其中三昧。小說第三十七回寫道：襲人因看見碟槽是空著的，因此回頭問晴雯、秋紋和麝月：「這裡原本有一個纏絲白瑪瑙的碟子哪裡去了？」那三人妳看我，我看妳，都想不起來。過了一會兒，晴雯終於想起來了，因而笑著說：「是給三姑娘送荔枝去的，還沒送回來呢！」

襲人感到奇怪：「家常送東西的傢伙也多，怎麼巴巴的拿這個去？」晴雯道：「我何嘗不也這樣說。可是寶玉說：得用這個碟子配上鮮荔枝才好看呢！我送去的時候，三姑娘也說好看，叫我連碟子都放著，所以沒帶回來。妳再瞧，那裡還有一對聯珠瓶也沒收回來呢！」

秋紋聽說，也笑道：「提起這聯珠瓶，我也想起個笑話來！我們寶二爺有一天動了孝心，看見花園裡的桂花開了，於是折了兩枝，原是自己想要插瓶的，忽然想起這是園裡才開的新鮮花朵，不敢自己先賞玩，因此特地拿出這一對花瓶來，自己灌了水插好花，叫個人拿著，他親自送一瓶進老太太屋裡，又進一瓶與太太。誰知他孝心一動，連跟的人都得了福了！」

接著襲人打點了一些東西，叫過一個老宋嬤嬤來說道：「如今打發妳與史大姑娘送東西去。」那宋嬤嬤立刻回道：「姑娘只管交給我。」襲人便端過兩個小掐絲盒了來。先揭開一個，裡面裝的是紅菱和雞頭兩樣鮮果；又揭那一個，乃是一碟子桂花糖蒸的新栗粉糕。她告訴宋嬤嬤：「這些都是今年咱們這園子裡新結的果子，寶二爺要送給史大姑娘嘗嘗。」

我們在這一回書裡，看到賈寶玉使用帶有天然紋路的白色瑪瑙碟子，盛裝鮮紅新荔枝，在色彩強烈的對比之下，這一份果盤，既突出了新採荔枝的鮮豔欲滴，同時也彰顯白瑪瑙碟的尊貴質地。此外，賈寶玉面對清俊飄逸、縝密細緻的芬芳桂花，也曾以一對瓶身繪有連綿不斷珠紋錦飾的花瓶，來搭配綿密連綴的折枝桂花，然後將這一對同樣款式的瓶花，分別獻給祖母和母親，以表達他內心同等分量的敬意。

尤有甚之，他讓襲人以景泰藍掐絲嵌珐瑯的寶盒，盛裝紅菱角、白芡實，以及桂花糖蒸新栗粉糕，送去給史湘雲品嘗。這三樣點心都是秋季盛產的果實和糕點，除菱角、栗子、桂花糖之外，俗稱雞頭米的芡實，乃是睡蓮科的種子，食之有健脾益氣功效。

在此秋涼時節，賈寶玉以色彩華麗、令人感受溫暖的銅質掐絲珐瑯盒盛裝這些當令的食品，足見他對於季節的感受性很敏銳，對於當季的點心、水果，以及花卉，都以慎重的心思加以對待，不僅體現寶玉在器皿與食物、花材互相搭配上的精心講究；同時反映出他對於個人的尊重，因而經常在餽贈物品給姊妹、母親和祖母時，展現體貼女性的美感設計與創意巧思。

無瑕璞玉・純淨美聲

——紅樓夢裡的命名涵義

《紅樓夢》是一部描寫大家族禮儀矩度的生活總集。每當有重大事件發生時，賈府中人總是群聚在一起，這時我們就會發現他們為族中子弟命名的規律，實與禮儀相關。

小說第六十四回寫賈敬過世，家人都過寧府中來。

> 一進門便聽見裡面哭聲震天！那時賈瑸、賈珖送賈母過來寧府這邊。當下賈赦、賈璉率領族中子弟哭著迎了出來。他父子一邊一個挽了賈母，走至靈前，又有賈珍、賈蓉跪著撲入賈母懷中痛哭！賈母暮年人，見此光景，亦摟了賈珍、賈蓉等痛哭不已！

在賈府「玉」字輩中曾出現賈瑸、賈珖、賈珩、賈瓔等名字。根據曹魏時期張揖所著的《埤蒼》解釋：「瑸」這個字的意思是具有文采。最早在漢代有著名的文學家揚雄曾在文章裡寫道：「壁馬犀之瞵瑸。」這是在描寫以瑪瑙和犀牛角裝飾宮殿裡的牆壁，使牆面文采斐然！

至於「珧」則是一種玉的名稱，大約是適合用來作玉笛的，能發出優美的聲音，所以「珧」是一個形聲字，左邊是形符，右邊是聲符，指玉能發出「瑸、瑸……」的響亮聲音。是故在南朝梁顧野王的一部字書《玉篇》中，便提及有一款玉笛，名稱即為「珧琯」，而「琯」的意思正是玉製的吹管樂器，《說文解字》云：「琯，古者管以玉。」

有趣的是，賈府中還有一個人名為賈瓔，「瓔」這個字也是形容玉珮或玉珠互相碰撞而發出優美聲音的形聲字。《玉篇》中說道：「瓔，瓔琅，石似玉也。」後來人們甚至用這個詞彙來形容悅耳的朗朗讀書聲！此外，「瓔」也是非常名貴的玉器，《妙法蓮花經普門品》中曾云：「即解頸眾寶珠瓔珞，價值百千兩金而以與之。」

至於「珩」也是非常貴重的玉器！《國語．晉語》中曾指出，晉國的流亡公子夷吾以「黃金四十鎰，白玉之珩六雙」，贈送秦國，以求秦穆公立他為晉之國君。後來他也確實達到了這個目的。可知「珩」之價值貴重了！

事實上，「珩」的形制也很類似樂器。三國時代好學能文的東吳名家韋昭，註解《國語》時，曾指出：「珩，形似磬而小。」無瑕的璞玉作為敲擊樂器時，一定也能發出清越的聲響。

賈府中「玉」字輩的命名，很多都與「玉聲」相關，據《禮記・玉藻》的解釋：「人們整裝完畢後，接著是以聽其所配戴的玉之鳴聲，來觀察其步行的儀態是否得體？」因此，「觀玉聲」便成為評價人物儀表的依準。

而榮、寧二府中子弟以此為名，正反映了家族對他們的教養與要求。

湘妃雅扇

——大老爺朝思暮想的珍稀古玩

除了四時景物、歲月常新，《紅樓夢》還曾經出現過不少骨董文物，引得書裡書外的鑑賞家們紛紛側目！小說第四十八回平兒見香菱離開了，便拉著寶釵悄聲說道：「姑娘可聽見我們的新聞了？」寶釵道：「我沒聽見什麼新聞啊。」平兒說道：「老爺把二爺打了個動不得呢！難道姑娘就沒聽見？」

寶釵回想起來，說道：「早起恍惚聽見了一句，也信不真。我也正要瞧妳奶奶去呢，不想妳來了。又是為了什麼打他？」平兒咬牙罵道：「都是那個賈雨村！認識他不到十年，如今生出多少事來！今年春天，老爺不知在哪個地方看見了幾把舊扇子，回家來，看家裡所有收藏的這些好扇子都不中用了，立刻叫人各處去搜求。誰知道偏有一個冤家，混號兒叫作石呆子，窮得連飯也沒得吃，偏他家就有二十把舊扇子，卻死也不肯拿出大門來！

二爺好不容易煩了多少情，見到這個人，說之再三，他把二爺請到他家裡坐著，拿出這些扇子，略瞧了一瞧。據二爺說，真是不能再有的，全是湘妃、棕竹、麋鹿、玉竹的，上頭都是古人的真跡字畫。他回來告訴了老爺，老爺便叫他去買，還說要多少銀子給他多少！偏那石呆子說：『我餓死凍死，一千兩銀子一把，我也不賣！』老爺沒法子，天天罵二爺沒有用。

二爺便許了他五百兩，先兌銀子，後拿扇子。他只是不賣，還說：『要扇子，先要我的命！』姑娘想想，這還有什麼法子？誰知那賈雨村聽說了，便設了個法子，訛詐石呆子拖欠了官銀，捉拿他到衙門裡去，指控他所欠官銀，要變賣家產來賠補，便把這幾把扇子抄了來，作了官價，送進府裡來。那石呆子如今也不知是死是活。

老爺拿著扇子，問著二爺：『人家怎麼弄了來？』二爺只回了一句：『為這點子小事，弄得人坑家敗業，也不算什麼能為！』老爺聽了，就生了氣，說二爺拿話堵老爺，因此這就打起來了。也沒拉倒用板子棍子，就站著，不知拿什麼，混打了一頓，臉上打破了兩處。我們聽說姨太太這裡有一種丸藥，治棒瘡的，姑娘快尋一丸子給我，我回家去給他上藥。」寶釵聽了，忙命鶯兒去要了一丸來遞與平兒。

這裡賈赦大老爺所看上的一些骨董扇子，扇骨都是用名貴的上等竹子所製成的。事實上，摺扇可分為木扇與竹扇，然而真正的藏家只收竹扇，因為木扇不夠雅致，即使是珍稀的海南黃花梨木摺扇，願意收藏的行家也不多！而竹製的摺扇則種類紛繁，有：斑竹、玉竹、棕竹，以及羅漢竹等等，其中斑竹最受收藏家歡迎。從竹子的斑紋上又可細分為：湘妃竹、鳳眼竹與麋鹿竹，尤以湘妃竹更受藏家青睞！蓋因上等的竹料其實非常稀罕，是故斑竹摺扇的行情歷來居高不下。

而斑竹表面的斑紋需在特定的氣候環境下，又經過特殊的黴菌變化才生成的，特別是只能依靠純天然的黴菌病變，這一點是人工無法培植的，因此斑竹的產量極低。且上好的湘妃竹扇，主要是看扇子兩端的大骨，大骨愈長愈寬，愈名貴！再者，大骨上的斑紋要清晰明亮、底色勻淨，某些具有奇特斑紋效果的扇骨更受重視！例如「黑底白花」的湘妃竹扇，極受藏家的追捧！

此外，竹子本身具有生命力，因此摺扇收藏時連同盒身的保養也很重要。許多扇盒也都是使用稀有木材製成的，包括：紫檀、花梨等。至於盒底則最好選用能驅蟲防蛀的樟木。當然對摺扇的盤玩，乃是最好的一種保養方法，因為經常盤玩能使扇骨顏色更深，質地更為光潤與厚重。

不過骨董文物再好，也應該以正當的方式購買，玩物喪志到使用不法手段取得，實在令人齒冷！賈赦與賈雨村等人在這一事件上，已完全暴露出貪酷的形象與卑劣的行徑。

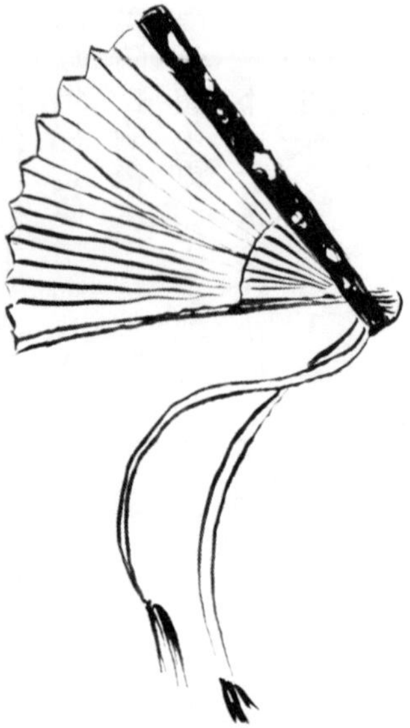

老祖宗的老花眼鏡

——手不忍釋的愛巴物兒

大老爺喜好骨董扇子，那麼他的母親賈母又喜好蒐藏些什麼呢？《紅樓夢》第五十三回寫榮府花廳上擺設了元宵家宴，主客是李嬸娘和薛姨媽，寶玉、黛玉、寶釵、寶琴等俱都在座。每個座位旁都設有一張小桌几，几上焚著御賜百合宮香，又點綴著山石小盆景，並各色古窯小花瓶，瓶裡插著歲寒三友、玉堂富貴等新鮮花卉，另有洋漆茶盤上放著古瓷十錦小茶杯，以及十分稀罕的紫檀雕嵌大紗透繡花草詩字纓絡。

至於賈母的座位，乃是雕夔龍護屏矮足短榻，有華麗刺繡的靠背、引枕和名貴的皮草墊褥。榻上設了一個輕巧洋漆描金小几，几上放著茶碗、漱盂、洋巾等物，又有一個眼鏡匣子。賈母歪在榻上，和眾人說笑一回，又取眼鏡向戲台上照一回，便說：「恕我老了骨頭疼，容我放肆些，歪著相陪罷！」又命琥珀坐在榻上，拿著美人拳搥腿。賈母戴著眼鏡看戲的同時，林之孝的媳婦帶了六個媳婦，抬了三張炕桌，每一張上搭著一條紅氈，放著選淨的大新局銅錢，用大紅繩串穿著。其中兩張擺至薛姨媽和李嬸娘的席下，第三張送至賈母榻前。

這些媳婦素來知道賈母的規矩，她們放下桌子之後，一併將錢都打開，紅繩抽去，堆在桌上。此時台上正唱的是《西樓會》，戲將結束時，于叔夜賭氣去了，那文豹便在台上當場發科諢道：「你賭氣去了！恰好今日正月十五，榮國府裡老祖宗家宴，待我騎了這馬，趕進去討些果子吃是要緊的！」說畢，引得賈母等都笑了。

薛姨媽等都說：「好個鬼頭孩子！可憐見的！」鳳姐便說：「這孩子纔九歲！」賈母笑說：「難為他說得巧！」便說了一個「賞」字。早有三個媳婦預備了小笸籮，聽見一個「賞」字，便將桌上的散錢，每人撮了一笸籮，走向戲台說道：「老祖宗、姨太太、親家太太賞文豹買果子吃的！」說畢，向台上一撒，只聽豁啷啷聲響，滿台的錢啊……。

賈府老祖宗有個時髦的眼鏡匣子，過年期間，她一面說笑，一面取眼鏡照戲臺上看，引起某些紅學家的不滿，認為曹雪芹過世得早，太年輕了，必定是沒有親自用過老花眼鏡，才不清楚這眼鏡是看近不看遠的。

不過說起老花眼鏡，與曹雪芹同時代的史學家趙翼在《陔餘叢考》裡，將眼鏡一物作了詳細的說明，原來中國人一直到明代才開始戴眼鏡：「賜物如錢大者二，形色絕似雲母石，而質甚薄，以金鑲輪廓而紐之，老人目昏不辨細書，張此物加於雙目，字明大加倍。」老花眼鏡為雙鏡片，薄如雲母，並以金屬加框，老人視力模糊時，使用此鏡，書上小字立刻放大數倍！

此外，趙翼還指出老花眼鏡在中土出現的源流：最初是商人「以良馬易於西域」，「其來自番舶滿加剌國（孟加拉）」，「蓋本來自外洋，皆玻璃製成，後廣東人仿其式，以水精（水晶）製成，乃更出其上也。」

老花眼鏡早期為商人以良馬換取而得，輸入中國之後，經廣東人改良，品質更為精美了！因此我們可以判斷賈母的老花眼鏡應是當時工藝優於洋貨的廣東工匠所製造，再搭配精雕的眼鏡匣子，或繡花眼鏡荷包，必定成為老祖宗手不忍釋的愛巴物兒了！

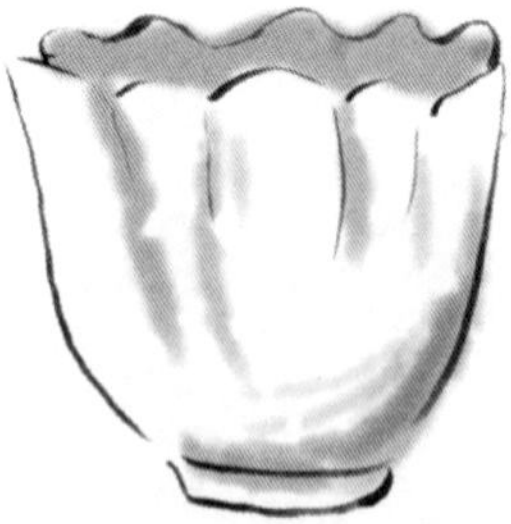

靜參鼻觀

——女兒茶與夢甜香

《紅樓夢》裡的女主人公林黛玉，歷來讓許多讀者聯想起清初一代名妓董小宛。這兩位女子不僅同樣生於蘇州，而且自幼羸弱多病，生性多愁善感，工詩文，亦曉音律，卻都因罹患「女兒癆」而香消玉殞。臨終前俱都焚毀了書稿和詩集。除了上述許多相似點之外，環繞在董小宛身上的故事，還有許多細節是可以讓我們聯想起《紅樓夢》來的。

例如：董小宛有時在食材中加入適量的鹽和酸梅調味，再加上一點花蕊和花露，調製成美味馨香的飲料。其中最甘美的是海棠花露，在入口之前，便先聞到撲鼻的芬芳。事實上，她經常以十幾種花露製成飲料，不僅色彩美麗，而且香味四溢。

這樣一杯花露不由得令人想起《紅樓夢》第五回，賈寶玉在太虛幻境裡，所聞到的一縷幽香，書中稱為「群芳髓」。還有寶玉所細細品嘗的那杯美味飲料，也有一個特殊的名字，稱為「千紅一窟」。當時，警幻仙子曾解釋道：這群芳髓，乃是用各種奇花異草，和珍貴樹木的精油，所提煉而成的香精。那千紅一窟，則是將仙花靈葉上的露珠蒐集下來作為烹茶的飲用水。《紅樓夢》裡名香和茗茶的寫作，或許真源自《影梅庵憶語》，亦未可知。想來那冒辟疆比起賈寶玉，也可以說是豔福不淺了。

事實上，董小宛與冒辟疆都很喜愛靜坐和品香。小宛最愛東莞的絕品「女兒香」。她採用隔紗燃香的方法，很講究品香的情調。有時在寒夜小室之中，玉幃四垂，點燃兩三枝紅燭，用宣德窯燃上一爐沉香，然後靜參鼻觀，那感覺就好像進入了花蕊芬芳的深處……。女兒香，是沉香的一種。也稱為白木香，是南方的常綠喬木，有平滑淺灰的樹幹。在夏天，結出一顆顆綠色的果實，綴在枝頭，十分可愛。在文學的世界裡，「女兒香」可能又是大觀園裡的「女兒茶」與「夢甜香」的源頭。

《紅樓夢》第六十三回賈寶玉生日之夜，姑娘們為寶玉做生日，時間很晚了都還沒睡。那時榮國府女管家林之孝家的帶著幾位老婆子來查夜，見大家沒睡，便催促早睡。寶玉說道：「今日吃了麵，怕停食，所以多玩一會兒。」林之孝家的便向襲人等笑說道：「那就該燜些普洱茶來喝。」襲人和晴雯忙說道：「已經燜了一缸女兒茶，寶玉喝過兩碗了。」這樣看來，這「女兒茶」應該就是清朝皇室所接受的雲南貢品，尤其是那種小而圓，看起來顆顆珍貴的普洱團茶，製作過程中，由未出嫁的女孩兒親手摘採，所得工錢，積攢起來，將作為嫁妝。因此在《紅樓夢》裡，特稱之為「女兒茶」。賈寶玉吃了麵食之後，習慣上是飲用這種細緻的普洱茶來消食，這樣睡眠才能安穩。

而小說第三十七回，大觀園起詩社的時候，迎春曾令丫鬟們點起一枝「夢甜香」來限定作詩的時間。因「夢甜香」只有三寸多長，而且如同燈草一般細，很容易燃盡，因此詩人們得在短短的時間內做出屬於自己的詩來，明代文震亨在《長物志》裡，曾說明「甜香」的來源和特色：「宣德年製，清遠味幽可愛……。」由此看來，這薰香的浸染，已從董小宛的鼻觀與靜坐，轉化為眾詩家靈感的來源了！

卷三：

曠世派對 時尚風流

超越時空的生日夜宴

——富貴閒人的扮裝派對

當日在賈寶玉的生日宴會上，有幾件事情很值得品賞。首先是寶玉喊熱，於是慫恿眾女兒們：「天熱，咱們都脫了大衣裳才好！」眾人稍稍堅持了一下，也就客隨主便。於是大夥兒都忙著卸妝、寬衣，然後將頭髮隨意挽個髻。

寶玉本人則只穿著大紅棉紗小襖子，下半身是綠綾，以水墨噴花的綢褲，而且散著褲管，一派家居服輕鬆愜意的模樣。之後，他讓身體倚靠在一個白玉色的夾紗新枕頭上，這個大抱枕乃是用各種玫瑰、芍藥花瓣填充而成的，因此散發出馥郁清新的花香！

脫了外衣，散著褲角，慵懶地倚在花香濃郁的枕上，此時寶玉心甜意恰，便與芳官划起拳來。那芳官也是滿口嚷著：「好熱！」因此只穿著一件由白玉、正紅、水綠偏藍等三色酡絨緞子拼布而成的水田小夾襖，腰間束著一條柳綠色的汗巾作為腰帶，下半身則是水紅撒花的夾褲，也是散著褲管。

最有趣的是，芳官的髮型：「頭上眉額編著一圈小辮，總歸至頂心，結一根鵝卵粗細的總辮，拖在腦後。」這造型與賈寶玉平時的束髮如出一轍。不過她是女生，因此比賈寶玉多了一副耳環，然而她所戴的耳環卻也相當獨特：右耳耳洞塞著米粒一般大小的小玉塞子，左耳上戴著一個有銀杏那麼大的鑲金紅寶石墜子，感覺特別闊氣！曹雪芹因而指出：如此一來，愈顯得芳官面如滿月，皮膚白皙，眼眸比兩潭秋水還清！於是引得眾人笑道：「他兩個倒像是孿生的兄弟呢！」

宴會開席之後，大家團團坐定。小燕、四兒因炕沿坐不下，便端了兩張椅子靠近炕邊放下。這時只見有四十個碟子，都是一色白粉定窯的，每一個碟子都只有小茶碟那麼大，裡面的菜色「不過是山南海北，中原外國，或乾或鮮，或水或陸……。」竟是囊括了天下所有的酒饌和果菜了。

這一場「豪宴」所使用的是四十個白粉定窯碟。定窯是北宋著名的瓷器，以白瓷最為著名，它的胎土細、薄而且有光，純白的釉色帶有豐盈的滋潤感，而且略顯粉質，因此被稱為白粉定窯。宋代官窯製瓷，最講究的是追求「玉」的質感，這必須得在「白中閃黃」的釉色盈潤度與燒溫的掌控上，去極力地表現出羊脂白玉的靈動氣韻。白粉定窯在製作過程中，稍一不慎，就很容易偏黃、蒼白，或顯得呆滯。因此成功的作品非常難得！

此外，白粉定窯的刻花有所謂「一面坡」的刀法，其刻線寬厚，圖紋剛勁，從蓮瓣紋、纏枝菊、蕉葉紋，到牡丹、蓮鴨、魚水、雲龍等等，各種紋飾皆十分討喜！

賈寶玉的一場私人生日派對，不僅讓眾女兒寬衣卸妝，輕鬆無拘束，泯除了禮教的束縛，又與芳官以「兄弟裝」相見，因而跨越了性別的框架，最後還動用了一套四十個精緻異常的宋瓷白粉定窯碟，來裝盛山南海北的天下珍饈，這樣的場景在華美貴氣中凸顯了典麗莊重的氣質，誰說這不是一場超越時空的曠世派對?!

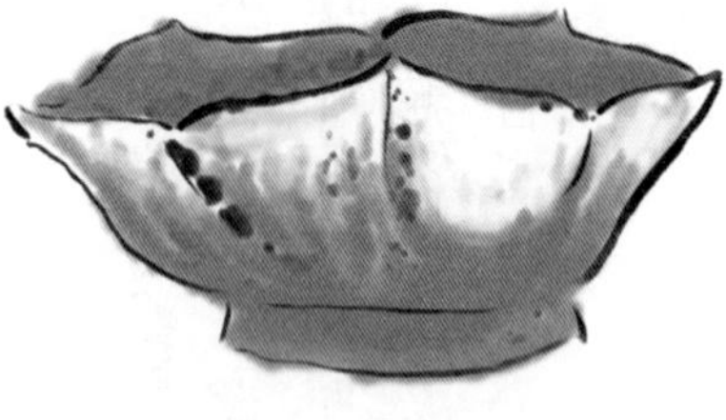

清遠・味幽

——詩人的靈感泉源

大觀園裡的雅聚之所以「雅」，源自對細節的重視與生活品味的講究。例如：《紅樓夢》第三十七回，探春起意籌組詩社，並自願先作個東道主人，藉此引發大觀園眾人的雅興。李紈聽了很開心：「既這樣說，明日妳就先開一社如何？」沒想道探春組社的興致很高：「明日不如今日，此刻就很好！」

於是大家決定，由李紈出題，迎春限韻，惜春擔任監場。李紈信手拈來，以當時大觀園的嬌客為題，說道：「方才我來時，看見他們抬進兩盆白海棠來，倒是好花！你們何不就詠起它來？」迎春反而不解：「花還未賞，就先作詩？」寶釵倒有不同的見解：「不過是白海棠，又何必定要見了才作？古人的詩賦，也不過都是寄興寫情罷了。」於是就這樣決定了詩題，迎春便為大家限韻。她走到書架前抽出一本詩集來，隨手翻開一頁，看見是一首七言律詩，遞與眾人看，於是規定大家今天都作七言律詩。

接著迎春又向一個小丫頭說道：「妳隨口說一個字來。」那丫頭正倚門站著，便說了個「門」字。迎春笑道：「就用門字韻，十三元。」說著，命人取來韻牌匣子，抽出「十三元」一屜，又命那小丫頭隨手拿出四塊牌來。那丫頭便拿出「盆」、「魂」、「痕」、「昏」四塊牌來。寶玉看看要押這幾個字的韻，便皺眉道：「這『盆』和『門』兩個字不大好作呢！」

說著，探春的丫鬟侍書已為大家準備好紙筆，詩人們便都悄然各自思索起詩來。只見黛玉獨自一人或撫梧桐，或看秋色，一會兒又與丫鬟們說笑。迎春令丫鬟點了一支「夢甜香」。這「夢甜香」只有三寸多長，像燈草一般粗細，因此很容易燃燼，迎春的意思是讓大夥兒以夢甜香燃燼為限，倘若香燼而詩尚未成，便要接受責罰。

當時香料鋪裡經常出售各種香餅、香球和香粉，尤其是北京的香料鋪在明、清時期可謂遠近馳名。我們看明代文震亨的《長物志》裡，曾記載「甜香」道：「宣德年製，清遠味幽可愛，黑壇如漆，白底上燒造年月。有錫罩蓋罐子者，絕佳。」此後，人們在香鋪裡看到芙蓉與梅花氣味的香餅，大都源於此。我們由此可以想見，夢甜香的形制與氣味皆美！無怪乎大觀園眾人經過這薰香的浸染，很快地便靈感泉湧，各自都作出詩來了。

東北人的飲食風尚

——真名士自風流

大觀園裡的宴會呈現出多樣性的風貌和社會習俗，其間甚至包含了東北關外的飲食風尚。

《紅樓夢》第四十九回寫寶玉一清早心裡記掛著今天是詩社的日子，天一亮就爬起來，掀開帳子只見窗上光輝奪目，心下卻是十分擔憂，怕天氣一放晴，就不下雪了。於是連忙揭起窗屜，往玻璃窗外一看，原來不是日光，竟是一夜大雪，下得有一尺多厚，而今天上仍是搓綿扯絮地下個不停……。

寶玉歡喜非常！趕忙盥漱，穿上一件茄色哆羅呢狐皮襖子，外罩一件海龍皮小小鷹膀褂子，束了腰，披了玉針蓑，戴上金藤笠，登上沙棠屐，出了院門，四顧一望，一片銀白世界，遠遠瞧見朦朧的青松翠竹，分外詩意，而自己卻彷彿是被裝在玻璃盆裡一般。他一路踏雪尋至蘆雪庵，剛走到山坡之下，忽然一股寒香撲鼻。回眸一望，恰是櫳翠庵中有十數株紅梅樹，此時如同烈火胭脂一般，映著雪色，分外搶眼，寶玉頓感逸趣橫生，隨興站在妙玉的門外，細細地賞玩了一回紅梅。

大觀園眾人在冬季起社作詩的地點選在蘆雪庵，這是幾間土壁茅屋，建在傍山臨水的河灘之上，四面都以蘆葦掩覆，推窗即可垂釣，富有隱逸的野趣。

這蘆雪庵外有一條小路，逶迤度過，便可直通藕香榭的竹橋。寶玉在蘆雪庵裡，只見幾個丫鬟和婆子在掃雪開徑，原來是他興奮過頭了，來得太早，因而尚未見到其他姊妹。

眾丫鬟、婆子見他披蓑戴笠而來，都笑道：「我們才說正少一個漁翁呢！如今果然齊全了。姑娘們吃了飯才來呢，你也太性急了！」蘆雪庵臨溪垂釣的閑逸情趣，可以從丫鬟、婆子們的笑語中，感受得到。那寶玉聽說姊妹們都還未用早點，只得無奈地先回房去。剛走至沁芳亭，迎面見探春正從秋爽齋出來，圍著大紅猩猩氈斗篷，戴著觀音兜，扶著小丫頭，後面一個婦人打著青綢油傘。探春這時正往上房去給老太太請安，而這又是一幅典雅的冬季仕女圖，照見曹雪芹的作品中，無論是園林藝術，抑或人物的妝點，皆有意境、有畫面，不僅可堪玩味，而且耐人細細領略。

更有意思的是，史湘雲悄悄地和賈寶玉計畫道：「今天廚房裡有新鮮的鹿肉，不如咱們要來一塊，拿到園裡又玩又吃。」寶玉聽了，巴不得一聲兒，便真和鳳姐要了一塊生鹿肉，命婆子送入園去。那史湘雲甚是豪爽，一面吃，一面說道：「我吃這個方愛吃酒，吃了酒才有詩。『是真名士自風流』，我們這會子腥羶，大吃大嚼，回來卻是錦心繡口！」

鹿肉其實是清代滿州八旗社會裡很特殊的飲食風尚，我們現在還可以在許多當時的文人詩詞裡，看到他們對鹿肉是多麼地喜愛！原因也很簡單，因為東北既是盛產麋鹿的地方，同時也是各種野味俯拾即是的天然獵場。東北地區流傳著家喻戶曉的諺語：「棒打　子瓢舀魚，野雞飛在飯鍋裡。」而清初幾代皇帝又特別重視狩獵，皇帝在木蘭圍場親射麋鹿，必定派驛馬傳到京都，鄭重地供奉在祭祀祖先的奉先殿上。

更有趣的是，在《紅樓夢》裡，李紈以為寶玉和湘雲要吃生鹿肉，連忙干預：「你們兩個要吃生的，我送你們到老太太那裡吃去。」這說話的語氣十分值得玩味！在《柳邊紀聞》與《龍沙紀略》等幾部筆記中，記錄了東北少數民族有生吃鹿肉的習慣。他們也經常將獵獲的鹿肉風乾了，做成鹿脯，然而有時也將新鮮的生鹿肉切片沾醬。又見清朝張朝墉在《燕京歲時雜詠》中提到：「鹿舌可以生吃。」這話說起來，已經是距今一千多年前，遼代契丹人所流傳下來的飲食風尚了！

美人兒的甜點

——真瓊糜也！

《紅樓夢》裡的健康美人兒一面燒烤鹿肉，一面暢飲好酒！可是氣息奄奄的病美人兒則難得吃得下一塊細緻的糕點。

第十一回說道秦可卿的病勢沉重，冬至前後，賈母、王夫人、鳳姐兒天天差人去看望，回來的人都說：「這幾日也未見添病，卻也不見甚好。」王夫人向賈母慰解道：「這個症候，遇著這樣大節，不添病就有希望了。」賈母說：「可是呢，好個孩子，要是有些三長兩短，可不教人心疼死了！」說著，又是一陣心酸，於是叫來鳳姐兒說道：「你們娘兒兩個也好了一場，明日大初一，過了明日，你後日去看一看她去。你細細地瞧瞧她那光景，倘或好些兒，你回來告訴我，我也喜歡喜歡。那孩子素日愛吃的，你也常教人做些給她送過去。」鳳姐兒一一地答應了。

到了初二，早飯之後，鳳姐兒來到寧府，看見秦氏的光景，雖未甚添病，但是那臉上身上的肉全瘦乾了。於是和秦氏坐了半日，說了些閑話兒，又說些寬慰她的話。秦氏回道：「好不好，春天就知道了。如今現過了冬至，又沒怎麼樣，或者好得了也未可知。嬸子回老太太、太太放心罷。昨日老太太賞的那棗泥餡的山藥糕，我倒吃了兩塊，倒像克化得動似的。」鳳姐兒說道：「明日再給你送來。我到你婆婆那裡瞧瞧，就要趕著回去回老太太的話去。」秦氏道：「嬸子替我請老太太、太太安罷。」

當年秦可卿病得這麼重，都瘦成了皮包骨，恐怕是什麼也吃不下的，卻沒想到還能吃兩塊老太太賞的棗泥餡兒山藥糕。山藥在《本草綱目》裡稱為「薯蕷」，入藥時可健胃、益脾、補氣。每到冬季，人們喜歡將它削了皮，切斜塊，煮熟之後加糖。與曹雪芹同時期的著名詩人查慎行，特以四個字來形容：「真瓊糜也！」蓋因山藥雪白如美玉，加入豬油和白砂糖蒸透之後，口感甘、黏、軟、膩，不需咀嚼，入口即化，因此詩人讚譽為「瓊糜」，既描繪出它的色澤與形貌，又精闢地點出其如濃漿的口感。

《紅樓夢》裡的著名甜點「棗泥餡兒的山藥糕」，便是以山藥泥裹棗泥的蒸糕，這餡子是將上好的紅棗去皮、去核之後，過濾了水分，搗成泥再加糖放入油鍋裡炒，使之成為香甜的棗泥，繼而將棗泥放在碗中間，周圍填滿晶瑩如白雪的山藥泥，像八寶飯一般蒸透。

當它含在口裡，甜蜜溫軟的滋味，不僅賈母喜歡，連重病之人秦可卿都說：「吃了兩塊，倒像克化得動似的。」「克化」即北京語的「消化」，想來賈府的棗泥餡兒山藥糕做得特別精緻，一塊一塊得用模子脫出來，大小可能不亞於第三十五回精細名貴的連蕊羹。這樣甜蜜蜜，入口即化的細點，無怪乎秦可卿可以一連吃得下兩塊了。

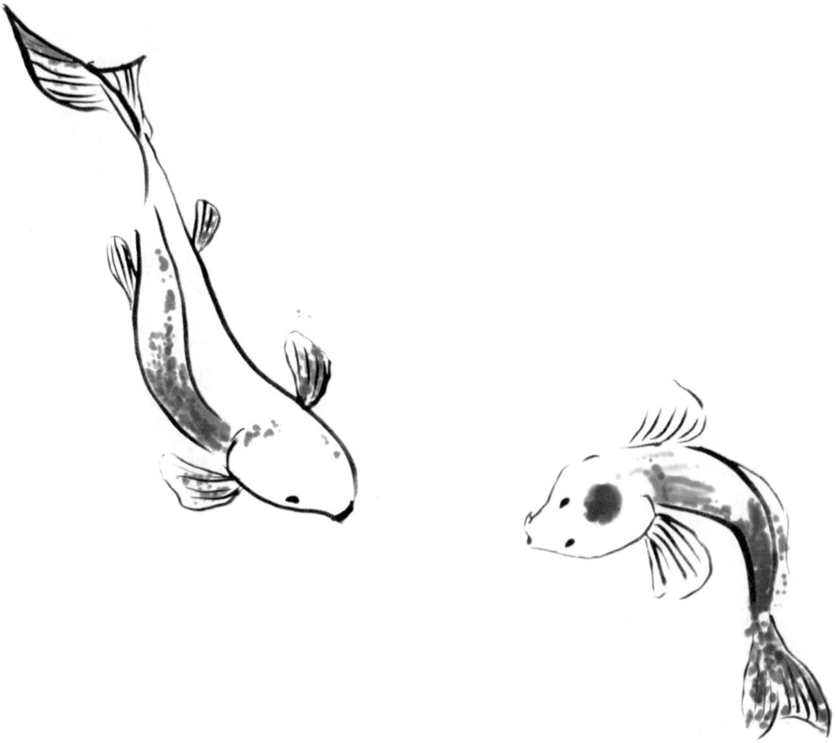

考究的路菜

——別哄我了，茄子跑出這個味兒來！

談完了烤肉與甜食，讓我們再來看看《紅樓夢》裡的蔬菜怎麼個作法兒？保證讓您大吃一驚！

第四十一回寫劉姥姥進了大觀園，初嘗賈府獨家配方的一道茄子料理，頓時驚豔得不敢置信：「別哄我了，茄子跑出這個味兒來！我們也不種糧食，只種茄子了。」這麼特殊口感的茄鯗，做工之繁瑣是讀者所周知的，不過作者在這道名菜上所耗費的思考與修改功夫，恐怕更為可觀！我們看《戚蓼生序石頭記》裡，鳳姐說道它的作法如下：

> 把四、五月裡的新茄包兒摘下來，把皮和穰子去盡。只要淨肉，切成頭髮細的絲兒。曬乾了，拿一隻肥母雞，靠出老湯來，把這茄子絲上蒸籠蒸的

> 雞湯入了味，再拿出來曬乾。如此九蒸九曬，必定曬脆了。盛在瓷罐子裡封嚴了。要吃時拿出一碟子來，用炒的雞瓜子一拌就是了。

將新鮮的茄子去皮去子，再切成像頭髮一樣的細絲。而最難得的還是「九蒸九曬」的功夫！早期抄本將這道食材普遍的菜色，寫成了手工繁複的傳奇。然而在其他脂評過錄本中，「茄鮝」這道文學名菜則呈現出迥異的做工與風味：

> 把才下來的茄子把皮籤了，只要淨肉，切成碎釘子，用雞油炸了，再用雞脯子肉並香菌、新筍、蘑菇、五香腐干、各色乾果子，俱切成釘子，用雞湯煨乾，將香油一收，外加糟油一拌，盛在瓷罐子裡封嚴，要吃時拿出來，用炒的雞瓜一拌就是了。

前後兩種版本的製作手法差距很大，後者並將茄子與雞脯肉、香菌、新筍、蘑菇、五香腐干、各色乾果混拌，反映出曹雪芹在這道菜色上，經歷了反覆地改寫，務使其更真實地呈現清代官宦人家對於「路菜」的講究。

在曹雪芹的時代，官家仕宦調遷之途，往往備嘗艱辛，一般從京城外派到南方的要員，動輒走上兩三個月才抵達任所，都屬平常事。為了在路上解決飲食問題，官員們的廚師和傭人往往在動身之前，先預備好經久、美味，又兼俱養生的路菜，以致當時社會風氣也流行致贈路菜給即將啟程的官場朋友。

路菜不能有湯水，而素材的初步處理，首先講究刀工，一般是切絲，因而有肉絲、干絲等菜色的出現。後來又發展出切丁的作法，繼而帶動雞丁、筍丁、香干丁、醬瓜丁等多重配料的組合。大戶人家的路菜，通常要求香而多油，口感不膩，而且稍微偏鹹，以適合就粥飯、下酒，或搭配饅頭、麵餅等主食。

常見的路菜例如：油燜春筍、紅糟鯽鯗等等，都須將湯水滷汁收乾，封在瓷罐裡收存，有時也用藤簍，不過最好是瓷罐，因為瓷器不透油，將來一旦官家主人走進了某個荒僻小驛，到了那打火做飯的時刻，廚子只消燒一鍋粥飯，再配上幾道路菜，便可以美味地吃上一頓飯了。

中國官家自有路菜的需求以來，名府祕方便逐漸往精緻講究的道路上發展，所有祕製祖傳無不曲盡其妙，雖是習慣於冷吃的存菜，也往往有名師大廚暗藏其中。在烹調手法上也因而創造出了醃、臘、糟、醉、烤、燻，以及風乾等各式手法。《紅樓夢》裡，老祖宗特別指定宴饗劉姥姥的這一道賈府名菜，想來應是她們大廚房裡的祕製。而「鯗」之一字，上半部為「美」，下半部是「魚」，古人將鯽魚、黃魚等風乾或製成臘味，特稱之為「鯗」。

中國廚師做菜的原則在於「有味使之出，無味使之入」。茄子並無厚味，也非一年四季常有，因此賈府的廚師務使家主人不但能經常吃到茄子，而且使之盡收雞湯的厚味，因而發明了茄鯗這道菜餚。它的製作程序可化約為：炸、煨、收、拌、封等五大步驟，蓋因雞油炸過之後茄丁不會稀爛，這時再用雞湯慢慢煨乾，再以小武火拌香油乾炒，必定使用香油，乃因香油遇冷不致凝凍。而這番不斷攪拌的乾炒功夫，又可與福建人炒肉鬆的手藝相媲美，他們從生鮮豬肉一路經過層層繁複的手續，最終做到乾炒肉鬆的地步，亦是路菜的極致展現。

紅樓食府之茄鯗屬於陳菜一系，其做工融合了多種中國路菜烹飪技法於一爐，高湯入味深透醇厚，口感韌軟有嚼勁。曹雪芹對它情有獨鍾，因而反覆地改寫，終於成為詩禮簪纓之族飲食美學上，最後的一道榮光！它背後同時隱喻著仕宦之道的艱辛與繁難，現代人多不諳其理，若不深入研究與反覆琢磨榮府菜單的歷史源流與各式手法，恐怕很難炮製出真正道地的紅樓美宴。

妹妹有檳榔，賞我吃一口

——打情罵俏的嚼食

在《紅樓夢》裡，什麼樣的食物會成為愛情的隱喻？第六十四回作者寫出賈璉與尤二姐的相互調情，而古典說部描繪男女情意曖昧時，繡荷包與檳榔往往成為暗示性感的媒介。

話說賈璉一進入房中，便看見南邊炕上只有尤二姐帶著兩個丫鬟做女紅，卻不見尤老娘與尤三姐。賈璉連忙上前問好，那尤二姐亦微笑讓坐，賈璉便靠東邊了，接著含笑問道：「親家太太和三妹妹哪裡去了，怎麼不見？」尤二姐回說：「有事往後頭去了，等會兒就來。」

隨後，兩個貼身的丫鬟出去倒茶，賈璉見無人在跟前，便大膽地睨視著二姐。二姐低了頭，含笑不理。賈璉不敢造次，因見二姐手中拿著一條繫荷包的手巾擺弄著，於是搭訕著往腰間摸了摸，說道：「唉呀！檳榔荷包忘了帶，妹妹有檳榔，賞我一口吃？」二姐回道：「檳榔倒是有，只是我的檳榔從來不給人吃。」

賈璉一邊笑一邊近身來拿，二姐怕人看見，連忙扔了檳榔荷包過來。賈璉一手接住，將裡面的檳榔都倒了出來，專揀那吃剩的半顆，丟在口中吃了，又將剩下的都揣了起來。

剛要將空荷包親自送過去，兩個丫鬟卻倒茶回來了。賈璉只得接了茶，一面暗自將隨身佩帶的漢玉九龍珮解了下來，包在手絹裡，趁丫鬟回頭時，扔了過去。那二姐卻不去拿，只裝做沒看見，仍坐著吃茶。不久，即聽到後面一陣簾子響，卻是尤老娘、尤三姐帶著兩個小丫頭從後面走來了。賈璉拚命使眼色給二姐，要她拾取玉珮，這尤二姐只是不理。

賈璉不知道二姐何意，甚是著急！只得迎上來與尤老娘和尤三姐相見。一面又回頭看二姐，只見二姐笑著，沒事人似的，再看一看那手絹兒，已不知哪裡去了，賈璉這才放了心。

檳榔除了與男女之間的打情罵俏有關，它原本也是廣東、雲南、廣西、台灣一帶，人們為通氣消食、防止瘴癘的特殊嚼食，人們將檳榔以蠣房灰染紅，用浮留藤葉包裹，在清初康熙到雍正年間，已從南方傳入京師，王漁洋、梁紹壬的詩文中都曾提到：「今之士大夫往往耽之，貯荷包中，竟日細嚼，脣搖齒轉，固無足怪。」可見當時京官們整日像嚼口香糖一般，檳榔不離唇齒。

當時早朝御門聽政的時間，大約相當於現在的清晨五點鐘，大臣們往往天猶未亮便來到殿前，王漁洋因而嘲諷大家：「行到門前天未啟，轎中端坐吃檳榔。」我們可以想像當時內閣大臣在等待皇帝駕臨之前，大夥兒像吸菸一樣地嚼食檳榔，一方面提神，同時打發時間。

更有趣的是，宮廷裡也流行檳榔文化！我們在各省進貢的名單中，找到了廣東巡撫每年進貢「檳榔九匣」的一條資料。皇家如此，一般市井的檳榔文化也饒富趣味。北京賣井水的鋪子，門前都有一道石槽，裡面注入清水，過往的車輛牲口可以在此投錢飲水，一次半文錢，旅客若是投一錢，那麼店家就以檳榔數顆做為找零。

這些與《紅樓夢》同時代關於檳榔的生活瑣事逸聞，今天的讀者多半是很難想像的了。

Vachette——舶來品一等寶煙

我們今天經常在骨董市場上，見到各式各樣描畫雕琢精美的鼻煙盒與鼻煙壺。究竟它的作用是什麼？這個問題其實早在《紅樓夢》裡，曹雪芹已經明白地告訴過我們了。

小說第五十二回，晴雯患重感冒，先是吃了兩服藥，到晚間雖然出了一點汗，但是仍然發燒，最要命的是頭痛和鼻塞！第二天，又請太醫來診治，加減了藥劑，雖說退了燒，可是還是頭疼得厲害！寶玉命麝月去取鼻煙壺來：「給她嗅些，痛打幾個嚏噴，就通關竅了。」

過了一會兒，麝月果真去取來一個金鑲雙扣金星玻璃的扁盒來，遞給寶玉。寶玉打開扁盒，看見裡面有個西洋琺瑯的黃髮裸女，背後生出一對翅膀；盒子正面寫著「汪恰洋煙」四個字。晴雯拿著鼻煙在手裡，只顧看畫兒。寶玉便催她：「嗅些罷！走了氣就不好了！」晴雯聽說，連忙用指甲挑了些嗅入鼻中，可是好像沒什麼感覺，便又多多地挑了一些嗅入。忽然覺得鼻中一股酸辣，透入囟門，接連打了五、六個嚏噴，眼淚鼻涕齊流。

晴雯忙收了盒子，笑道：「了不得，好爽快！拿紙來！」早有小丫頭子遞過一搭子細紙，晴雯便一張一張的拿來擤鼻子。寶玉笑問：「如何？」晴雯笑道：「果覺通快些了，只是太陽還疼！」

曹雪芹走筆至此，已經讓我們窺見清朝初年，貴族人家醫治頭疼發燒、鼻塞聲重的方式，就是使用「洋煙」。在《脂硯齋重評石頭記》過錄庚辰本中，此處有脂批：「『汪恰洋煙』：汪恰，西洋一等寶煙也。」可見批書人也知道「汪恰」乃是當時西洋最好的一種鼻煙。可惜這個西方醫藥常識，在續書人高鶚的眼中，已經不知所云了。

高鶚因為不明就裡，竟然將「汪恰」兩字用筆墨塗黑，然後補「上等」二字，因此今天《乾隆抄本百二十回紅樓夢稿》裡，我們便看到的是「上等洋煙」。這個情況，包括程甲本和程乙本。到了一九一二年，人們連「洋煙」是什麼也都不清楚了，於是我們看到有正書局石印戚蓼生序本將「上等洋煙」逕自改成了「祕製平安散」。至此，鼻煙壺已經成為美麗的古文物，世人幾乎不知道它曾經的用途是什麼。

據考證，十八世紀歐洲最有名的鼻煙經紀商之一，正是Maximilian Vachette。「Vachette」應該就是「汪恰」的原文，亦即脂硯齋所謂進口「一等寶煙」的商號。事實上，自十六世紀起，國際間的菸草業，多半掌握在西班牙人的手裡。洋菸種類繁多，西方人使用它主要是治病，後來才慢慢轉為消遣品。《紅樓夢》裡，賈寶玉拿鼻煙來醫治晴雯頭疼、鼻塞等症狀，完全依據西方的習俗。不過，洋煙是很貴的！當時的一磅煙，不到五百公克，換算成今天的台幣，至少在五千元起跳。

也難怪高鶚以降的文人都不知道「汪恰洋煙」，而賈府僅僅一個小丫頭傷風感冒，便隨意地拿來使用。沒有經歷過那樣富貴人家的生活，後世的讀書人也只能拿「通關散」或「通頂散」一類助噴嚏的粉末來取代西洋寶煙了。

看見西藥有了療效，寶玉笑道：「乾脆都用西洋藥治一治，只怕就好了！」說著，便命麝月：「和二奶奶要去，就說我說了，姐姐那裡常有那西洋貼頭疼的膏子藥，叫做『依弗哪』，找尋一點兒來給我。」

事實上，《紅樓夢》裡經常出現西洋物品，曹雪芹的用意不僅是為了炫奇，而且在事物的命名上往往可以看出此物的來歷。據考察，加拿大中部薩斯喀徹爾省（Saskatchewan）地區人士介紹其首府Regina時，發音快速時近似「依弗哪」，同時據史料記載，十五世紀中羅馬教廷贈予南明永曆皇帝太后的教名即為Regina，此乃拉丁文「女王」之意，因為加拿大該省與英國皇室彼此聯絡有親。因此依弗哪這一劑洋藥也許是來自英國。

另有一種說法是，依佛哪是民間用麻黃制成的一種藥。因為取了一個洋名，所以這實際上是一種土洋藥，難怪在小說裡寫道：麝月去了半日，果然拿來半節依弗哪。然後去找了一塊紅緞子的角兒，剪了兩塊指頂大的圓布，將那藥烘烤了，再用簪子攤在布上。晴雯自己拿著一面靶鏡，將兩塊布貼分別在太陽穴上。麝月看了笑道：「病得像個蓬頭鬼一樣，如今貼了這個，倒俏皮了！」像晴雯這種貼法，確實有點像是土製的膏藥。

薔薇硝

——大觀園女子的春季保養藥品

大觀園的女兒們每到春季，容易皮膚發紅，甚至於感到癢癢的，還有脫屑等情形。那是因為氣候暖和起來，大家便喜歡在春光明媚的時節到戶外享受春光。卻不知此時因為陽光充足，空氣中紫外線含量遽增，而且還飛揚著浮塵與花粉等物質，於是女孩兒們的皮膚受到了侵擾，便引發了春癬。

春癬又稱桃花癬或杏斑癬，從單純的糠疹，到如錢幣一般的紅斑，大都長在兒童與青少年的雙頰、額頭上。既然春癬好發於年輕人的臉龐，那麼大觀園眾女子便常備著「薔薇硝」來擦臉。在小說第六十回的情節裡，我們可以看到這些女孩兒們在春天也以薔薇硝做為禮物，互相餽贈。當她們收到這樣的禮物時，總是會心一笑，所謂禮輕情意重嘛！因此賈寶玉看到芳官手裡拿著一包薔薇硝，聽說那是蕊官特地請春燕幫忙傳遞的禮物時，便也笑了，說道：「難為她想得到。」

今天我們若是不經意受空氣中微生物的侵襲而得了春癬，一般建議服用維生素B群，便可以改善皮膚的狀況。然而古人所使用的薔薇硝其實也是一種專門對症春癬的藥用化妝品。因為野生薔薇的根、莖、花、葉都有活血、解毒的功能。而「硝」則是礦物鹽，亦具有消散、祛膿等療效。因此人們常將整朵的薔薇花摘下來，泡泡水之後，用石缽研碎，萃取出花汁，拌入精油和銀硝一同燻蒸，曬乾後，裝入粉盒或荷包裡，以便隨身攜帶。它的粉質細膩柔滑，氣味清香迷人，對於春季女孩兒們體內熱毒上蘊，並外感風塵所引發的雙頰過敏，頗具療效！

於是我們看到《紅樓夢》第五十九回有以下這樣的文字：「一日清曉，寶釵春睏已醒。搴帷下榻，微覺輕寒，啟戶視之，見園中土潤苔青，原來五更時落了幾點微雨。於是喚起湘雲等人來，一面梳洗，湘雲因說兩腮作癢，恐又犯了杏斑癬，因問寶釵要些薔薇硝來。寶釵道：『前兒剩的都給了妹子。』因說：『顰兒配了許多，我正要和她要些，今年竟沒發癢，就忘了。』因命鶯兒去取些來。」可知無論是小戲子芳官、蕊官，抑或湘雲、寶釵、黛玉等姑娘們，當她們感受著「一汀烟雨杏花寒」，徜徉在繁枝嫩蕊、水荇林花之間，薔薇硝便是隨身攜帶的芬芳醫藥與保養聖品。

玫瑰的妙用

——鮮豔異常，甜香滿頰

中國自五代起，便有阿拉伯玫瑰香水的進口。當時，來自「大食」的花露，氣息濃烈異常！因為大食玫瑰的花形與國人所認識的薔薇近似，於是直到宋末，中國人都將這種神祕的異域花露稱之為「大食薔薇水」，而且因為始終都未成功地移植到本土，因此堪稱名貴的異國花卉。

明代初期永樂年間，陳誠出使西域，他的足跡到達今天的阿富汗赫拉特城，並親自按照當地人的製作手法，將「花色鮮紅、香氣甚重」的玫瑰蒸餾成芳香馥郁的香水。然而這些史料只能說明，中國人直到此時尚未能掌握玫瑰的種植與培養。但是卻在清初的《紅樓夢》裡，突然出現了「玫瑰」一詞，而且幾乎是一夜之間，這奼紫嫣紅、馨香芳烈的花卉品種，居然在小說裡，以中國人生活中最普遍的日常用品之姿，躍登曹雪芹一片詩意的優美境地。

《紅樓夢》第六十三回寫道：「寶玉只穿著大紅棉紗小襖兒，下面綠綾彈墨夾褲，散著褲腳，繫著一條汗巾，靠著一個各色玫瑰芍藥花瓣裝的玉色夾紗新枕頭，和芳官兩個先搳拳。」不僅賈寶玉的枕頭是以玫瑰花瓣為枕心，清初文人曹庭棟在他的著作《養生隨筆》中，亦明確指出夏季薄被以玫瑰花做囊芯的製法：首先是將幾十片曬乾的絲瓜聯縫在一起，灑上玫瑰馨瓣，再縫進被套。

當時北京郊區有一處玫瑰谷，花農在山溝間遍種玫瑰，所製產品，除了薄被、枕頭之外，還有化妝品和清潔用品，這又成了《紅樓夢》裡，賈寶玉為平兒所提供的彩妝用品：「寶玉忙走至妝台前，將一個宣窯磁盒揭開，裡面盛著一排十根玉簪花棒兒：『這是紫茉莉花種研碎了，對上料製的。』平兒倒在掌上看時，果見輕白紅香，四樣俱美；撲在面上，也容易勻淨，且能潤澀，不像別的粉澀滯。然後看見胭脂，也不是一張，卻是一個小小的白玉盒子，裡面盛著一盒，如玫瑰膏子一樣。」

這麼優雅的唇膏！顏色薄，氣味清新迷人，平時以白玉盒盛裝，用時只需銀簪子挑出一點兒，抹在唇上。剩餘的再用一點水化開，抹在手心裡，拍於兩頰，便是自然淡雅的玫瑰腮紅。當時平兒依言妝扮，果見鮮豔異常，且又甜香滿頰。

似花非花，是露非露

——女兒們的芬芳凝露

《紅樓夢》第三十四回寫道賈寶玉挨了父親一頓毒打之後，疼得睡不穩，只嚷著乾渴，想喝酸梅湯。襲人拿糖醃的玫瑰滷子和了半碗，寶玉又嫌不香甜。王夫人趕忙說道：「噯喲！你該早來和我說的。前兒有人送了幾瓶子香露來，原要給他一點子的，我怕他胡糟踏了，就沒給。既是他嫌那些玫瑰膏子絮煩，把這個拿兩瓶子去。一碗水裡只挑一茶匙子，就香得了不得呢！」

說著就喚彩雲來，說道：「把前兒的那幾瓶香露拿來。」襲人說道：「只拿兩瓶來罷，多了也白糟踏。等不夠再要，再來取也是一樣。」彩雲聽說，去了半天，果然拿了兩瓶來，遞與襲人。襲人看時，只見兩個玻璃小瓶，都有三寸大小，上面螺絲銀蓋，鵝黃箋上寫著「木樨清露」，另一瓶寫著「玫瑰清露」。襲人笑道：「好金貴東西！這麼個小瓶兒，能有多少？」王夫人道：「那是進上的，你沒看見鵝黃箋子？你好生替他收著，別糟踏了。」

明清時期，將鮮花的蒸餾水稱為花露，大約是因為晚唐以後，由大食（今阿拉伯）傳入的薔薇花露，氣息天然芬芳又不刺鼻，引得中原人士驚豔不已，以為是採集薔薇花上的露珠而成的，因此為這一類香水取了這樣典雅優美的名稱。

直到宋代，中國人才明白花露是蒸製出來的。蔡條在《鐵圍山叢談》中清楚地指出：「（薔薇露）實用白金為甑，採薔薇花蒸氣成水，則屢採屢蒸，積而為香，此所以不敗。」到了明代，李漁在《笠翁偶集》裡也說道：「花露者，摘取花瓣入甑，醞釀而成者也。薔薇最上，群花次之。」

另一位明代文人周嘉冑，他擅長裝裱工藝，並著有《香乘》一書，堪稱香學文化的代表。他在這本書裡更清晰地指陳香水的製作方法：「採百花頭，滿甑裝之，上以盆闔蓋，週迴絡以竹筒，半破，就取蒸下倒流香水，儲用，謂之花香。此廣南真法，極妙！」

周嘉冑所謂「廣南真法」，其實就是採集鮮花，儲放在甑裡，然後將甑放在蒸鍋上，上方用一個盆子倒扣，將甑蓋得嚴密，以蒸汽分解出百花的香精，一直蒸騰上升凝結於盆蓋，蒸餾凝露便沿著四面往下滴流，順著周圍半剖的竹筒一路承接。香水便是這樣蒐集而成的。

至清代醫學家顧仲，日常很注重飲食養生之道，他在《養小錄》中指出：「仿燒酒錫甑、木桶，減小樣，製一具，蒸諸香露。」如此說來，蒸餾花露的器具並不困難取得，只要家裡有蒸鍋和木桶，大家都可以ＤＩＹ，動手做出有機天然的香水，而且只要挑上一茶匙兌一碗水，這水的口感，便清香溫潤。至於盥沐之後，用來拍臉、擦拭全身，更可以達到美白膚質和滋潤保濕的效果。美學家李漁對這項美容聖品讚不絕口：「此香此味，妙在似花非花，是露非露，有其芬芳而無其氣息，是以為佳。不似他種香氣，或速或沉，是蘭是桂，一嗅即知者也。」

天然清新，卻又讓人感覺不到香源，這正是明、清兩代富貴人家最愛的香露。《紅樓夢》第三十四回所寫之「玫瑰清露」即是這背景下的產物，至於第四十四回，為了替平兒理妝，寶玉拿出了自己的珍藏，對著平兒笑道：「那市賣的胭脂都不乾淨，顏色也薄。這是上好的胭脂擰出汁子來，淘澄淨了渣滓，配了花露蒸疊成的。只用細簪子挑一點兒，抹在手心裡，用一點水化開，抹在唇上；手心裡就夠打頰腮了。」所以花露也是調製女性化妝品的聖品。

清宮內務府檔案有康熙三十六年四月二十九日，曹寅向皇室進貢了「兩種玫瑰露八罐」的紀錄。如此看來，曹雪芹的小說創作在在是有所依憑的。

安魂養神，不饑延年

——茯苓霜

《紅樓夢》裡還有一項保養聖品，寫在第六十一回，那時大觀園廚房柳嫂子的小女兒五兒，正走到蓼溆一帶，忽見迎頭林之孝家的帶著幾個婆子走來，五兒藏躲不及，只得上來問好。在林之孝家的盤問之下，五兒辭鈍色虛，再加上近日正房裡遺失了東西，幾個丫頭都互相推諉，正沒個主兒，因此林管家心下便起了疑。可巧小蟬、蓮花兒並幾個媳婦走來，小蟬說道：「昨兒玉釧姐姐說，太太耳房裡的櫃子開了，少了好些零碎東西。璉二奶奶打發平姑娘和玉釧姐姐要些玫瑰露，誰知也少了一罐子。若不是尋露，還不知道呢！」蓮花兒笑道：「今兒我倒看見一個露瓶子。」林之孝家的一聽此言，忙問：「在哪裡？」蓮花兒便說：「在五兒她們的廚房裡呢！」林管家聽了，忙命打了燈籠，帶著眾人來尋。五兒急得說道：「那原是寶二爺屋裡的芳官給我的。」林管家不由分說地走進廚房，由蓮花兒帶著，取出了露瓶。又怕她們還偷了別物，於是再細細地搜了一遍，結果又找到了一包茯苓霜。

林之孝家的隨即來到鳳姐兒那邊，先找著了平兒，平兒進去回了鳳姐。鳳姐方才歇下，聽見此事，便吩咐：「將她娘打四十板子，攆出去，永不許進二門；把五兒打四十板子，立刻交給莊子上，或賣或配人。」平兒聽了出來依言吩咐了林之孝家的。五兒嚇得哭哭啼啼，給平兒跪著，細訴芳官之事。平兒說道：「這也不難，等明日問了芳官便知真假。但這茯苓霜，前日人送了來，還等老太太、太太回來看了才敢打動，這不該偷了去。」茯苓是松樹根上所生的精華物，晉代葛洪所著《神仙傳》即有：「老松精氣化為茯苓」的說法，其實它是長在松樹根上的真菌，呈球形或不規則塊狀。它雖然其貌不揚，卻是一味名貴的中藥，外層是茯苓皮，內層靠外部稱為赤茯苓，核心處呈現白色，則稱為白茯苓。若是茯苓本身為松樹根所穿過，這段樹根便稱為茯神木。一般服用茯苓霜的方法是選用白茯苓浸泡於涼水裡，然後以中火蒸，熟了之後攪拌揉碎，再倒入牛奶一同攪拌，並用大火煮開，冷卻後添加蜂蜜，滋味絕佳！《本草品要會方》等著作都記載服用茯苓能使人肌膚豐澤、延年益壽。茯苓有益於人體的心、脾、腎三經，搭配牛奶更能促進蛋白質的吸收，兩者可謂相輔成。而《神農本草經》亦將把茯苓列為上品，聲稱久服可以「安魂養神，不飢延年」。晚清慈禧太后便是經常食用茯苓等六十四種中藥，這也可能是她長壽的原因。茯苓如此珍貴，以至在《紅樓夢》裡，林之孝家的搜查出茯苓霜的時候，連菩薩心腸的平兒也難為了，這等尊貴之物得等老太太、太太看過了才能動的，如今卻被人偷走了，那還了得?!

卷四：

歡聲笑語　豪門風雲

壽星頭上原是一個窩兒

——秋宴裡的歡聲笑語

秋天正是持螯賞桂的時節，《紅樓夢》裡著名的螃蟹宴開席之前，曹雪芹特別寫了一段精緻的小茶宴，伴隨著桂花的幽香，於藕花深處的水榭裡，設一雅致的茶席，眾人說說笑笑，有老太太遙想當年說故事，配上王熙鳳的妙語如珠，在重要宴會與詩社登場之前，大夥兒已經處在興頭上了，而開起這段前奏曲的正是帶來歡樂的甜姐兒——史湘雲。

話說湘雲邀請賈母眾人賞桂花。賈母等都給足了面子，說道：「是她有興頭，須要擾她這雅興。」到了中午，賈母便帶了王夫人、鳳姐，又請上薛姨媽等進入大觀園來。賈母因問：「哪一處好？」鳳姐趕忙回道：「已經在藕香榭擺下了，那山坡下兩棵桂花開得又好，河裡的水又碧清。坐在河當中的亭子上，豈不敞亮？看著河水，眼睛也清亮。」

賈母於是引了眾人往藕香榭來。原來這藕香榭是蓋在池水中央的，建築的四面有窗，左右有曲廊互通，廊簷跨水接岸，後面又有曲折的竹橋暗接。眾人走上竹橋，鳳姐忙上來攙扶賈母，一面說道：「老祖宗只管邁大步走，不相干的，這竹子橋都是咯吱咯喳的。」

待眾人走入藕香榭，只見欄杆外另放著兩張竹案，一個上面設著杯箸酒具，一個上頭設著茶筅、茶盂等各色茶具。另一邊有兩三個丫頭正在煽風爐煮茶，這一邊也有幾個丫頭煽風爐燙酒呢。

賈母很開心！喜得忙問：「這是誰想到的？地方好，東西也都乾淨。」湘雲笑道：「這是寶姐姐幫著我預備的。」賈母道：「我說這個孩子細緻，凡事想得妥當。」一面說，一面又看見柱上掛的黑漆嵌蚌的對子，命人念。湘雲應聲念道：「芙蓉影破歸蘭槳，菱藕香深寫竹橋。」

賈母聽了，忽想起一件事來，因而回頭向薛姨媽說道：「我小時候，家裡也有這麼一個亭子，叫做『枕霞閣』。我那時也只像她們姊妹這麼大，同姊妹們天天玩兒。誰知我竟失了腳掉下去，幾乎沒有淹死！好容易救了上來，到底被那木釘戳破了頭。如今這鬢角上還有指頭大的一塊窩兒呢。那時大家都說：『經了水，冒了風，怕是活不得了。』誰知後來竟好了！」

鳳姐不等人說話，率先笑道：「那時要活不得，如今這麼大的福叫誰來享呢？

可知老祖宗從小兒的福壽就不小，神差鬼使碰出那個窩兒來，好盛福壽的。壽星老兒頭上原是一個窩兒，因為萬福萬壽盛滿了，所以倒凸出些來了！」

她的話還沒說完，賈母與眾人都笑軟了。賈母邊笑邊說道：「這猴兒慣得了不得了，只管拿我取笑起來！」鳳姐隨即笑著說道：「等會兒吃螃蟹，恐積了冷在心裡，我先討老祖宗笑一笑、開開心，待會兒一高興多吃兩個就無妨了。」

藕香榭一帶遊廊曲橋相互環繞，荷葉藕花在池中隨風翩翩搖漾，而小丫頭們正搧著風爐，那茶水已是咕嚕咕嚕作響了。螃蟹宴與菊花社還未開席，大觀園諸人已在鳳姐兒的笑話聲裡絕倒！

相看兩不厭

——賈母與劉姥姥

都說劉姥姥進大觀園的時候，處處感到驚奇，其實，賈府中的女眷們對於這位積古的老太太，也是充滿了好奇！

我們在《紅樓夢》第三十九回裡看到，當劉姥姥一走進賈母的上房，只見滿屋裡珠圍翠繞，花枝招展的，盡是一些陌生人。然而正前方榻上正歪著一位老婆婆，身後還坐著一位紗羅裹的美人一般的丫鬟，正在為老婆婆捶腿，鳳姐兒則是站在一旁說笑。

劉姥姥馬上知道那是賈母了，因此趕忙上來陪笑，納了幾福，口裡不住地說道：「請老壽星安。」這一聲問候，顯得非常新穎別致！因為她的年紀應該是比賈母還大，然而身分卻很低微，不能過於高攀對方，況且又是初次登門的客人，因而主動問候，尊稱賈母為「老壽星」。一則解決了與自己同輩卻不同階層的老人，在稱謂上的困擾；二則兼有祝福賈母長命百歲之意。這一聲問候，果然甚為討喜！因此賈母也忙欠身問好，又命周瑞家的端過椅子來給劉姥姥坐。

姥姥的孫子板兒沒有見過外人，於是顯得怯生生的，也不問候人，這就跟賈府裡的兒孫個個落落大方，極重視待人接物的禮貌，有所差別了。賈母首先開口道：「老親家，妳多大年紀了？」雖說劉姥姥對賈母的稱呼很令人讚賞！此時賈母對劉姥姥的稱呼，也很有趣！一聲「老親家」，頓時之間，卸下自己高高在上的姿態，將劉姥姥拉近了距離，使人聽得倍感親切。

劉姥姥忙立起身來答道：「我今年七十五了。」賈母向眾人說道：「這麼大年紀了，還這麼健朗。比我大好幾歲呢！我要到這麼大年紀，還不知道動不動得了呢？」劉姥姥隨即笑道：「我們生來是受苦的人，老太太生來是享福的。若我們也這樣，那些莊稼活不是都沒人做了？」賈母笑著問道：「妳的眼睛、牙齒都還好？」劉姥姥回答：「都好，就是今年左邊的槽牙活動了。」

然而賈母卻嘆道：「我是老了，都不中用了，眼也花，耳也聾，記性也沒了。你們這些老親戚，我都不記得了。親戚們來了，我怕人笑我，我都不會，平時不過嚼得動的吃兩口，睡一覺，悶了時和這些孫子、孫女兒玩笑一回也還罷了。」

劉姥姥聽賈母坦然地說出自己的日常生活，進而笑道：「這正是老太太的福了。我們想這麼著還不能夠呢！」賈母道：「什麼福，不過是個老廢物罷了。」說得大家都笑了。賈母又道：「我剛才聽見鳳哥兒說，妳帶了好些瓜菜來，叫她快收拾去了，我正想嘗嘗農地裡現擷的瓜兒、菜兒呢。外頭買的，不像你們田地裡的好吃。」

劉姥姥笑道：「這是野意兒，不過吃個新鮮。依我們倒想吃魚吃肉，只是吃不起。」賈母又道：「今兒既認著了親，別空空兒的就回去。若是不嫌棄我這裡，就住一兩天再回去。我們也有個園子，園子裡頭也有果子，你明日也嘗嘗我們的，再帶些回家去，也算是看親戚一趟。」賈母也是積古的老人，通達人情世故，頗能迎合小戶人家走親訪友的趣味。

而最能看懂賈母眼色的當屬鳳姐兒，她見賈母喜歡，也忙留客道：「我們這裡雖不比你們的場院大，空屋子還有兩間。妳住兩天，把你們那裡的新聞故事兒說些與我們老太太聽聽。」賈母笑道：「鳳丫頭別拿她取笑兒。她是鄉村裡的人，老實，哪裡擱得住妳打趣她？」說著，又命人去抓果子與板兒吃。板兒見人多了，不敢吃。賈母又命拿些錢給他，叫小幺兒們帶他外頭玩去。

這裡劉姥姥吃了茶，便把些鄉村中所見所聞的事情說給賈母聽，賈母愈發得了趣味。正說著，鳳姐兒便令人來請劉姥姥去吃晚飯。賈母又將自己的菜揀了幾樣，命人送過去給劉姥姥吃。

賈母與劉姥姥對看，兩人惺惺惜惺惺，形成了一道最有趣的人生風景。在懸殊的貧富差距底下，賈母透露出她對人生單調乏味的無奈感，說自己除了吃和睡之外，就是逗逗孫兒孫女，餘生只是個老廢物；而劉姥姥儘管年紀更長於賈母，卻仍在田園裡辛勤地種瓜擷果，雖說吃不起大魚大肉，日子卻從不嫌孤寂。

曹雪芹透過這一回故事，表達了他對於老年人的觀察和感受。作者不僅於描繪才子佳人的面向上，筆力萬鈞；即使在兩位老婆婆的身上所做的挖掘，亦能使人感觸良多。畢竟人都會走向衰老，而高齡後的人生應該如何度過？三百年前的《紅樓夢》，其實已經為我們提出了值得參考的解答。

華麗大冒險……

——劉姥姥怎樣逛了大觀園？

話說劉姥姥第二次進榮國府的時候，正值賈母遊興大發，帶著眾人暢遊大觀園，姥姥因此有機會開了眼界，一飽眼福。我想，作者尤其是想透過她醉眼朦朧的視線，一窺怡紅院中風流嫵媚的陳設；猶如當年賈寶玉在沉醉中，瞥見了秦可卿臥房裡不可思議的萬種風情……。

賈寶玉是一等一的富貴閑人，他房中的裝潢自然是格外地精緻講究。而劉姥姥醉眼中特別凸顯出兩件事物，也是作者有意為之，好讓我們更深刻地理解賈寶玉的心性。

當時姥姥進了房門，只見迎面一個女孩兒，滿面含笑迎了出來。劉姥姥忙搭訕地笑道：「姑娘們把我丟下來了，我只好一個人到處亂逛，就逛到這裡來了。」說完，卻見那女孩兒只是笑而不答。姥姥有點兒著急！便伸手來拉那女孩兒，結果「咕咚」一聲，姥姥整個人竟撞到了牆壁上去！她覺得頭好疼！一邊揉著額頭，一邊睜眼仔細地瞧了一瞧，原來那並不是真的女孩兒，而是一幅油畫！

姥姥自忖道：「原來畫兒也有這樣突出的，就像活的一樣！」她看了又看，便伸手去摸，可是這觸感卻是平面的！她當場對於這西洋人物油畫，由衷地讚歎不已！中國水墨畫向來重視寫意和寄託文人的情懷，然而從事西洋油畫的藝術家們卻是在透視的觀點下捕捉光影，力求表現人物的立體感與環境的空間性。這樣一幅維妙維肖的美人油畫，還非得藉由劉姥姥酒後昏花的視覺，方能點出它與活人並無二致的藝術特徵來。

及至姥姥揭開了寶玉臥房中蔥綠撒花的軟簾，一幕更令人吃驚的畫面，使姥姥震撼不已！原來在這私密的空間裡，四面木構的牆壁皆雕飾得玲瓏剔透，琴、劍、瓶、爐都貼飾在牆上，床邊是錦籠紗罩，裝綴著華麗異常的金彩珠光！那腳下所踩著的磁磚，俱都是碧綠鑿花，花團錦簇的紋飾，姥姥益發把眼珠子都看花了！一時間竟找不到門可以出去！

她只得在這臥室裡轉呀轉，結果只在一面巨大的穿衣鏡前，照見了自己的身影。眼前這個插了滿頭花兒的鄉村姥姥，與那西洋油畫兒上秀色可餐的美人兒，形成了多麼強烈的對比！這是一場劉姥姥前所未有夢幻與冒險之旅，比起賈瑞正照風月寶鑑時的驚心動魄，可真是不遑多讓。

八旗舊家，禮法最重

——好規矩！

生活在貴族人家，除了吃穿享樂，尊崇禮法才是正務，尤其「晨昏定省」是古代世族子弟生活中不可減省的禮數。子孫們於早晨和晚間到長輩的房中請安問候，有時得做到極為講究的地步，例如：經過長輩住房，不能過門不入。即使長輩不在，也必須下馬步行。我們還記得《紅樓夢》第五十六回，賈寶玉將去見舅舅王子騰，幾個老嬤嬤跟至廳上，只見寶玉的奶兄李貴和王榮、張若錦、趙亦華、錢啟、周瑞等六個人跟隨，另外帶著茗煙、伴鶴、鋤藥、掃紅等四個小廝，背著衣包，抱著坐褥，籠著一匹雕鞍彩轡的白馬，早已伺候多時了。老嬤嬤們又吩咐了他六人一些該注意的事項，那六人連忙答應了幾個「是」，接著捧鞭墜鐙，服侍寶玉慢慢地上馬，李貴和王榮籠著嚼環，錢啟、周瑞二人在前引導，張若錦、趙亦華在兩邊緊貼寶玉。寶玉在馬上笑道：「周哥、錢哥，咱們打這角門走罷，省得到了老爺的書房門口又得下來。」沒想到周瑞側過臉來笑著告訴：「老爺不在家，書房天天鎖著的，爺可以不用下來罷了。」寶玉笑道：「雖鎖著，也要下來的。」錢啟、李貴等便都笑道：「爺說的是。便托懶不下來，倘或遇見賴大爺、林二爺，雖不好說爺，也勸兩句。有的不是，都派在我們身上，又說我們不教爺禮了。」周瑞、錢啟便一直出角門來。

正說話時，頂頭果見管家賴大走了進來。寶玉忙籠住馬，意欲下來。賴大忙上來抱住腿。寶玉便在鐙上站起來，笑攜他的手，說了幾句話。接著又見一個小廝帶著二三十個拿掃帚簸箕的人進來，見了寶玉，都順牆垂手立住，獨那為首的小廝打千兒，請了個安。寶玉不認識他的名姓，只微笑點了點頭。馬已過去，那個小廝的領班方帶人離去。寶玉一行人於是出了角門，門外又有李貴等六人的小廝並幾個馬夫，早預備下十來匹馬專候。他們一出角門，李貴等都各自上了馬，前引傍圍地一陣煙去了，不在話下。

然而像《紅樓夢》這樣的一部描寫貴族人家生活的大家庭小說，卻是以賈寶玉挨了父親一頓毒打之後，賈母減省了孫兒寶玉的晨昏定省，才凸顯出這項規矩一直都存在的事實。第三十六回話說賈母見寶玉被父親重責的創傷漸漸痊癒了，心中自是歡喜。因怕將來賈政又叫他，遂命人將賈政的親隨小廝頭兒喚來，吩咐他道：「以後倘有會人待客諸樣的事，你老爺要叫寶玉，你不用上來傳話，就回他說：我說了，一則打重了，得著實將養幾個月才走得；二則他的星宿不利，祭了星不見外人，過了八月才許出二門。」那小廝頭兒聽了，領命而去。賈母又命李嬤嬤、襲人等來，將此話說與寶玉，使他放心。這麼一來，可謂正中下懷。因為寶玉本就懶與士大夫諸男人接談，又最厭峨冠禮服、賀弔往還等事，今日得了這句話，愈發得了意，不但將親戚朋友一概杜絕了，而且連家庭中晨昏定省亦發都隨他的便了。於是日日只在園中遊臥，不過每日一清早到賈母、王夫人處走走就回來了。

《紅樓夢》作為珍貴的清初貴族生活史料，便在於它保留了旗人家族的生活細節。例如：第九回賈寶玉早晨上學之前，先向父親請安。賈政此時正在書房中與相公清客們閑話。忽見寶玉進來請安，回說上學去，賈政冷笑道：「你如果再提『上學』兩字，連我也羞死了。依我的話，你竟玩你的去是正理。仔細站髒了我這地，靠髒了我這門！」眾清客相公們都起身笑道：「老世翁何必如此！今日世兄一去，三二年就可顯身成名的了，斷不似往年仍作小兒之態的。天也將飯時，世兄竟快請罷！」說著便有兩個年老的攜了寶玉的手走出去了。

賈政又問：「跟寶玉的是誰？」只聽外面答應了兩聲，早進來三、四個大漢，打千兒請安。賈政看時，認得是寶玉的奶母之子，名喚李貴的。因而向他說道：「你們成日家跟他上學，他到底念了些什麼書！倒念了些胡言混語在肚子裡，學了些精緻的淘氣。等我閑了，先揭了你的皮，再和那不長進的算帳！」嚇得李貴忙雙膝跪下，摘了帽子，碰頭有聲，連連答應「是」，又回說：「哥兒已念到第三本《詩經》，什麼『呦呦鹿鳴，荷葉浮萍』，小的不敢撒謊。」說得滿座哄然大笑起來！賈政也撐不住笑了，於是說道：「哪怕再念三十本《詩經》，也都是掩耳偷鈴，哄人而已。你去請學裡師老爺安，就說我說的：什麼《詩經》、古文，一概不用虛應故事，只是先把《四書》一齊講明背熟，是最要緊的。」李貴忙答應「是」，見賈政無話，方退了出去。

所謂「打千兒問安」是將左腿搶前一步，右腿彎曲下跪，並將右手握半拳下伸。這是僕人見主人時的禮節，源於八旗兵的軍禮。我們看在《紅樓夢》裡，寶玉行禮問安等處，《庚辰本》和《甲辰本》脂硯齋夾批處，都曾明確指出：「好規矩」、「一絲不亂」、「好層次，好禮法，誰家故事。」曹雪芹在《紅樓夢》第一回創造了甄士隱這號人物，意欲以諧音「真事隱」明白告示讀者，他的寫作已經刻意隱藏了家族歷史中真實的一面，然而文本中諸多生活細節上的描述，又在在提醒我們留意到曹家的生活經驗，因此作者的身世背景其實是藏不住的。

豪門風雲

——紅樓眾生相

《紅樓夢》是一部奇書，點點滴滴的內容都是說不盡的好題材。在此我們不妨信手拈來，通過一段小故事的講述，讓讀者們大約領略《紅樓夢》細膩生動的眾生浮世繪。

話說第二十四回作者寫道，沒落王孫賈芸希望在新建成的大觀園裡謀一個差事，先是在當家的二爺賈璉處打點，卻一直沒有著落，後來終於恍然大悟，原來應該在賈璉的妻子王熙鳳身上巴結才是！當時已近端陽佳節，賈芸便來到舅父所開的香料鋪裡，想賒些冰片和麝香，並且有言在先，八月中秋節還錢。因為在酷暑時節，仕女們喜好將這些貴重的麝香、龍腦香等藥料置放在貼身的香荷包裡，為自己的身體和衣物薰香，猶如今天我們所使用的名牌香水。

這冰片和麝香誠然是貴重的香料，也是端午節前夕餽贈王熙鳳的最佳禮品。然而以賈芸還沒找到工作的情況看來，他是根本買不起的。此外，在當時市井間一般店鋪裡，十之八九也都是以賒帳的方式做生意，至端午、中秋、除夕才總結帳。因此賈芸賒貨的舉動，其實並不為過。然而問題就在於，賈芸的舅父畢竟看不起自己的親外甥，不僅不肯賒貨給他，反而毫不客氣地數落了他一頓！我們只見卜世仁冷笑道：「再休提賒欠一事。前兒也是我們鋪子裡一個夥計，替他的親戚賒了幾兩銀子的貨，至今總未還上。因此我們大家賠上，立了合同，再不許替親友賒欠。誰要賒欠，就要罰他二十兩銀子的東道。況且如今這個貨也短，你就拿現銀子到我們這不三不四的鋪子裡來買，也還沒有這些，只好到別處去調貨。這是一。二則你那裡有正經事，不過賒了去又是胡鬧。你只說舅舅見你一遭兒就派你一遭兒不是。你小人兒家很不知好歹，也到底立個主見，賺幾個錢，弄得穿是穿吃是吃的，我看著也喜歡。」

倒楣的賈芸既賒不到香料，便無精打采地在街上躑躅，卻又不小心一頭就碰在一個醉漢身上，把賈芸唬了一跳。又聽那醉漢罵道：「睛了眼睛，碰起我來了！」賈芸忙要躲開，卻早被那醉漢一把抓住，對面一看，不是別人，卻是隔壁鄰居倪二。原來這倪二是個潑皮，專門放重利債，在賭博場吃閑錢，又嗜酒。如今正從欠錢人家索了利錢，吃醉了回來，不想被賈芸碰撞了一下，正沒好氣，掄拳就要打人。只聽那人叫道：「老二住手！是我衝撞了你。」倪二聽見是熟人的語音，將醉眼睜開看時，見是賈芸，忙把手鬆了，趔趄著笑道：「原來是賈二爺，我該死，我該死。這會子往哪裡去？」賈芸道：「告訴不得你，平白的又討了個沒趣兒。」倪二道：「不妨不妨，有什麼不平的事，告訴我，替你出氣。這三街六巷，憑他是誰，有人得罪了我醉金剛倪二的街坊，管叫他人離家散！」這就是令人畏懼的黑道倪二的嘴臉。

然而令讀者沒有想到的是，他喝了酒之後，豪興大發，一開口就答應借給賈芸十五兩三四錢銀子，大約值現今台幣五萬元。作者在這裡並不是寫整數十五兩，而是十五兩三四錢銀子，不是很具有生活氛圍嗎？第二天，賈芸出了南大門，到香鋪裡買了高級的冰片和麝香，前去孝敬鳳姐兒。這時大觀園裡還缺一個專門植栽種樹的人，當日王熙鳳一點頭，賈芸就現領了二百兩銀子，他立刻還給倪二十五兩三錢，再花五十兩銀子出西門找花匠買樹。這多還的十兩銀子，又可見曹雪芹的諷刺之筆，雖然倪二明白地說道，不收利錢！但那畢竟是酒後之言，賈芸哪敢惹他？此處無疑道盡了非常細膩的人情世故。

從多還的十兩銀子可知那專門放高利貸的潑皮流氓，所貸出的利息真是可觀！不過，因為他又是在醉酒的情況下，大方借貸給賈芸的，這就與那精打細算反而錯失了賺錢良機的舅父，形成了鮮明的對照！這自然又是曹雪芹的曲筆嘲諷。

賈芸在買辦完之後，剩餘的一百三十多兩銀子，大約今天台幣四十多萬元，全數入了自己的帳戶。另一頭，鳳姐兒也白白得到了名貴的薰香藥料。這顯然是一筆豪門私帳！

至於《紅樓夢》裡難得一見的市井流氓倪二，其實他的形象很可能脫胎自《水滸傳》裡的牛二。施耐庵在《水滸傳》第十一回裡，寫楊志為高俅陷害，不得已站在大街出售自己的寶刀。不久之後，卻見路人全體向兩邊亂竄，紛紛跑入河下巷內去躲藏，口裡喊著：「大蟲來了！」楊志放眼一看，只見遠遠地黑凜凜一條大漢，喫得半醉，一步一顛撞將來。這便是京師有名的破落戶潑皮毛大蟲牛二。他平常專在街上撒潑、行兇、鬧官司。如今來到楊志面前，聽說這口寶刀砍銅剁鐵，刀口不捲；吹毛過，而且殺人刀上沒血。牛二便去州橋下香椒鋪裏了二十文三錢，一垛兒將來在橋欄杆上，叫楊志道：「漢子，你若剁得開時，我還你三千貫！」那時看熱鬧的人雖然不敢近前，卻都遠遠地圍住了觀望。楊志輕蔑了一聲：「這個值得什麼！」說著便把衣袖捲起，拿刀在手，看得準了，只一刀便把銅錢剁做兩半。眾人群情喝采！

曹雪芹借了喫得半醉的牛二，以及橋下香料鋪等兩個元素，改寫成《紅樓夢》裡的醉金剛倪二醉酒借銀的一幕。他因喝醉了，一時豪情，借錢給賈芸到香料鋪裡買香料，沒想到第二天現賺十兩銀子，反觀賈芸的舅父名為卜世仁，其實諧音「不是人」，因為人苛扣吝嗇，又沒有眼光，未曾看出他的外甥如今長大了，鑽營逢迎的功夫已達更上層樓，於是便失去了一次現賺十兩銀子的機會。這是曹雪芹幽默嘲諷的筆法。更重要的是，曹雪芹也學習了施耐庵藉市井無賴襯托主角楊志的筆法，寫倪二其實是為了凸顯浮浪子弟賈芸，而賈芸這個角色，初看時，似乎不甚重要。其實他將在後續的故事裡，逐漸與賈寶玉發展出異常緊密的關聯性。

尤有甚者，曹雪芹的文學創作還有高過於施耐庵的地方，因為他在賈芸之上，再度暗示讀者留意王熙鳳這位當家奶奶的威重令行，在這一回裡，我們不難看出她在府中的權力，早已遠遠地超過了她的丈夫賈璉，而且還應了俗話所說：「經手三分肥。」我們由小見大，便可以想見她日常以職權中飽私囊的情事有多麼嚴重了。有趣的是，僅短短一回書，曹雪芹便寫盡了仗義的市井潑皮無賴、鏗吝的香料店鋪老闆、亟欲翻身的落魄貴族青年，以及叱吒風雲的掌權少奶奶等各類型人物。讀者若是細細品讀，《紅樓夢》的每一回故事裡，皆有道不盡的人生百態！

老爺貴人多忘事

——賈雨村的門子

有了賈芸、倪二這一對鮮活的市井人物，還不夠。曹雪芹曾生動地捕捉了鬧事裡的僧人和衙門中的差役，並將兩者巧妙地合而為一，寫下一個門子的故事。

話說賈雨村才到應天府走馬上任，便有人來報案說道：一年前有個人命官司，那兇手打死了人，不用償命，便逍遙法外了！賈雨村一聽，義憤填膺，立即簽發海捕文書，要捉拿兇嫌。此時卻有個門子對他使了眼色，示意他不要發命令。賈雨村感到此事有蹊蹺，因此暫停了審案。

退堂之後，門子隨賈雨村來到後堂，雨村雖然覺得門子面熟，卻一時想不起他是誰。門子笑著對賈雨村說道：「老爺貴人多忘事，竟將出身之地給忘了！」賈雨村這才恍然大悟！原來他是當年自己寄居在葫蘆廟裡的一個小沙彌。

賈雨村離開葫蘆廟進京趕考之後，那小廟著了火，小和尚失了寄身之所，左思右想，便蓄了髮，作起衙門裡的守門人。如今遇見了故人，便熱心地告訴他，方才那件官司之所以難辦，原因在於兇手是本地的鄉紳大族子弟。說著，門子掏出了一張「護官符」遞給賈雨村。

我們在日常生活裡經常聽說「護身符」，而今這「護官符」卻是《紅樓夢》作者的創新之舉！賈雨村一看，原來這紙護身符上乃是以一套俗諺寫出金陵城四大家族包括其分支的豪奢景象，藉以提醒為官之人：若是得罪了他們，這官就做不穩了。況且眼前這件人命官司的兇手薛蟠正是護官符上所謂「豐年好大雪」的薛家，而薛家又是賈府的親戚，因此賈雨村最終還是斟酌採納了門子的建議，「胡亂」判了此案。

為什麼一個「門子」竟比科舉出身的青天大老爺更懂得官場文化？甚至可以指點知府大人如何判案？

其實「門子」一詞，最早在春秋戰國時代，指的是貴族人家的門閥之子，爾後很長的一段時間裡，老師帶著學生們見習，學生也被稱為門子。到了唐代，許多關防要塞的守門人都是盡忠職守之人，同時其職務也是世襲。在一場著名的戰役故事裡說道，吐蕃久攻維州城不下，因此派遣美女間諜下嫁守門人，吐蕃美女為守門人生下兩個兒子，待其長大，對他們曉以吐蕃民族之大義，這兩個「門子」便趁唐朝軍隊尚未整備之際，開了城門，使維州城盡歸吐蕃。

至遲到了明代，門子便成為一般行政長官在衙門裡的侍役，他們是一群可以進入長官內宅的少年侍衛，長年侍奉在大官身旁伺候筆墨紙硯，很了解官場上的黑暗面，因此《紅樓夢》裡描述這個門子，見到新上任的長官是個熟人，便主動地教給了他這一整套官場運作的惡習。

這一起外祟，何日是了！

——太監群像

《紅樓夢》裡有荒村老嫗、市井無賴、鬧街上的寺僧、衙門裡的差役……，曹雪芹還曾藉由元春在宮廷的高貴身分，讓我們一窺太監群像！

《紅樓夢》第七十二回寫道鳳姐兒作了一個夢。這夢說來可笑，夢中只見一個人，雖然有點面熟，卻想不起他的姓名來。問他做什麼，他卻說娘娘打發他來要一百匹錦！王熙鳳問他：「是哪一位娘娘？」可是他說的又不是賈家的娘娘。於是鳳姐兒不肯給他，他竟上來奪！正奪著，人就醒了。

這個夢，其實反映了王熙鳳日常裡不厭其煩地應付宮裡太監的苦況。可巧就在聊起這個夢境的時候，下人突然來回話：「夏太府打發了一個小內監來說話。」賈璉聽了，忙皺眉頭道：「又是什麼話？一年裡，他們也搬夠了！」王熙鳳趕緊應變，她對賈璉說：「你先迴避，我去見他，若是小事，也罷了；若是大事，我自有話回他。」賈璉便躲入內套間裡去了。

這裡鳳姐兒命人帶進小太監來，讓座吃茶，因問何事。那小太監便說：「夏爺爺最近看上了一間房子，如今還缺二百兩銀子，因此派我來問奶奶，家裡有現成的銀子沒有？暫借一、二百兩，過一兩日就送還。」鳳姐兒聽了，笑道：「還送還什麼？有的是銀子，只管先拿了去。改日等我們短了，再跟您借也是一樣的。」小太監接著說：「夏爺爺還說，上兩回還有一千二百兩銀子沒送還的，等今年年底，自然一齊都送過來。」鳳姐笑道：「你夏爺爺好小氣！這事也值得放在心上？我說一句話，不怕他多心，若都這樣記清了要還我們，如今也不知還了多少了！我這裡只怕沒有；若有，只管拿去！」

鳳姐兒回頭叫旺兒媳婦出來吩咐道：「妳不管哪一處，先支二百兩銀子來。」那旺兒媳婦可是鳳姐兒的心腹，因此很能理解主人的心意，這時她主僕倆兒便一搭一唱地笑道：「我剛才就是因為別處支不動，才特地來奶奶這裡的！」鳳姐假意嗔怒道：「你們只會裡頭來要錢，叫你們外頭算去，就不能了！」接著又叫平兒來：「把我那兩個金項圈拿出去，暫且押四百兩銀子。」

平兒答應了，去了半日，果然拿出一個錦盒來，裡面兩個錦袱包著。打開看時，一個是金纍絲攢珠項圈，那珍珠顆顆都有蓮子一般大小；另一個試點翠嵌寶石的。這兩件美麗的珠寶項圈可都與宮中之物不相上下！一時拿出去，典當了四百兩銀子進來。鳳姐將銀子折成兩半，一半命人給旺兒媳婦拿去辦理八月中秋節。另一半給了那小太監，小太監告辭的時候，鳳姐還命人替他拿著銀子，送出了大門。

這時賈璉出來苦笑道：「這一起外祟，何日是了！昨兒周太監來，張口一千兩。我略應慢了些，他就不自在。將來得罪人之處還不知有多少？唉！這會子再發個三二百萬的財就好了！」

在《紅樓夢》裡，寫到太監的地方很多，例如：第十三回的戴權，就是大明宮掌權的內監，亦即首領太監，相當於五品總管的官銜。我們在第七十二回裡，透徹地窺見了這些宮裡太監的權勢與派頭，以及對於豪門貴戚的敲詐與勒索。曹雪芹下筆自然，文章的力道與強度拿捏得恰到好處，因而充分地諷刺了這群在皇帝身旁控制政局、左右朝廷的特殊勢力，日常如何操弄特權，在外戚權貴之間強取豪奪的真實面目。

不勝人間一場醉

——焦大罵府

賈府裡的焦大，在老主子的跟前，一直是個盡忠的奴僕。他從小跟著老太爺出兵三回，還從死人堆裡，將老太爺背了出來。為救主人的命，得了半碗水，給主人喝，自己喝馬尿。在賈府後代主子的面前，自認為「不是焦大一個人，你們能夠做官兒，享榮華，受富貴？」他和祖宗在九死一生中，掙得這份家業，卻沒想到如今這些後代，完全不知報恩，反而在他的面前逞主子的威風。

於是他在一場爛醉裡，如暗夜裡的轟雷，爆發出平生的吶喊！他對寧國府裡賈珍等人生活的糜爛與墮落，深惡痛絕！「每日偷狗戲雞，爬灰的爬灰，養小叔子的養小叔子」，這些揭露不倫情事的惡言，唬得眾小廝個個魂飛魄喪！馬上將他捆綁起來，並用泥土和馬糞塞住他的嘴。焦大吐出來的是一口深埋的惡氣，卻因此吞下一肚子的穢氣！

這一回焦大醉罵之後，尤氏曾對鳳姐兒嘆道：「妳難道不知這焦大的？妳珍大哥哥不理他，只因他從小跟著太爺征討，救過主人的命，自己挨餓，卻偷了東西給主子吃。不過仗著這些功勞情分，當年祖宗都對他另眼相看，到如今，誰肯難為他？他自己又老了，又不顧體面，一味吃酒，吃醉了，無人不罵……。」因此現下管事的人，幾乎都不會派差事給他做，「全當一個死就完了」！

雖然眾人都不敢去招惹他，盡可能地避著，任他自生自滅。然而鳳姐卻有主張：「我何曾不知這焦大？倒是你們沒主意，有這樣的，何不打發到他遠遠的莊子上去？」脂評眉批在這裡，寫了一行小字：「這是為後協理寧府伏線。」焦大的去向，在八十回後，應許就是被發配到遙遠的農莊上終老。這是王熙鳳的權力伸向寧國府的開端，為她協理寧府一事預做鋪墊。

焦大在醉態中，破口大罵的那些話，雖也帶有幾分醉中的清醒。然而曹雪芹所設計的醉中對白，倒是很有趣！他說：「咱們紅刀子進去，白刀子出來！」本來應該是白刀子進去，紅刀子出來的，他因喝醉了，講起話來，也是顛倒錯亂的。又或許可以解讀為，作者暗示我們：這是一個是非黑白顛倒的世界，人的一生，快意恩仇都須透過一面風月寶鑑，從背面看，才照見了真實的情理。

無論如何，「焦大醉罵」確乎是《紅樓夢》裡一齣精采的折子戲。醉也好，醒也罷，焦大演了一套好醉拳！教我們在他特殊的把式中，瞥見了行伍出身的八旗子弟，在入關百年之後，太平歲月裡的浮華與淫靡。

寶玉身旁的小豪奴

——好傢伙，偺們上！

看了老僕的形象，讓我們再來瞧瞧賈府裡的小豪奴——茗煙，這是賈寶玉身旁第一個得用的小廝。他在整齣紅樓戲台上，就像是個令人發噱的丑角或小武生。尤其是在學堂裡，只要有人膽敢欺負寶玉，或是得罪了與寶玉親暱的朋友，他就會使出市井小流氓撒野耍賴的全武行來！

「頑童鬧書房」那一回，只消賈薔悄悄地溜出書房，將書童茗煙叫來身邊，如此如此，這般這般，調撥他幾句話。這茗煙年輕又不諳事，便認真以為金榮欺負秦鐘，而且連寶玉都牽連在內！這會兒不給他個厲害，就怕他下次愈發狂縱！

於是茗煙不由人分說，一頭闖進教室裡來找金榮。看到金榮，索性也不叫「金相公」了，只發狠話：「姓金的！你是什麼東西！」說著，便一把揪住金榮，問道：「若你是好小子，出來動一動你茗大爺！」

嚇得滿屋中子弟都怔怔地對望。班長賈瑞連忙喝道：「茗煙！不得撒野！」金榮更是氣黃了臉：「反了！反了！奴才都敢如此！我只和你主子說。」那金榮便伸出手來去抓打寶玉，說時遲，那時快，秦鐘剛轉過身來，卻聽得腦後颼的一聲！早見一方硯台飛將來！並沒有看清楚是何人打來的，卻正中賈藍和賈菌的座上。

這賈藍和賈菌也是榮府近派的重孫，賈菌從小缺少了父親，因此母親疼愛非常，養成了他們年紀雖小，卻是極淘氣不怕人的習性。現在見到座位上，有人暗助金榮，飛來一方硯台，要打茗煙，卻偏偏打錯了，落在自己面前！當場將個磁硯水壺兒砸成粉碎，又濺了一書的墨水。賈菌也就吼起來：「好傢伙！這不都動了手了麼！」於是，他也抓起硯台來要扔。

幸虧賈藍勸阻：「好兄弟，不與咎們相干。」賈菌如何忍得住？見硯台被按住了，他便兩手抱起書篋子來，照那邊扔去。但是因為身子小，力量單薄，也是扔不到對方，反而掉落在寶玉和秦鐘的案上。登時只聽豁啷一聲！那寶玉桌上的書本、紙片、筆、硯等物，撒了一地，又把寶玉的一只茶碗也砸得碗碎茶流。

此時賈菌已經跳起來，要揪打那個扔硯台的人。而金榮也隨手抓了一根毛竹大板，但是由於地狹人多，眾人經不起這舞動的長板，茗煙早就挨了一板，於是他滿口裡亂嚷：「你們還不來動手！」只見門外有寶玉的另幾個小廝，一個叫掃紅，一個名喚鋤藥，還有一個是墨雨。這三名僮僕豈有不淘氣的？都一齊亂嚷：「動了兵架來……。」墨雨抓起一根門閂，掃紅、鋤藥手中掄著馬鞭子，瞬間蜂擁而上，打起群架來……。

榮、寧二府的主子約在三十人上下，然而奴僕之數卻在主人的十倍之上！雖說主人的威權也很大，不過主人行動離不開僕人，卻也是不爭的事實。尤有甚者，奴僕的行為就是主人思想的延伸。

在「鬧學堂」這一回故事裡，小奴才狂放野蠻的行止，無意間也透露了賈寶玉的思維。寶二爺既是以上學為幌子，目的只想與秦鐘相處，表面上又需得嚴守家教和禮範，做不得那侵犯學規的事。因此，所有叛逆與衝撞規矩的欲望，就只有靠這身旁最得用的人來徹底地發洩一番了。

太太萬歲

——從邢夫人到婁太太

曹雪芹寫活了奴僕的形象，同時也將主子的為難處境點染得鮮活通透！邢夫人在《紅樓夢》裡，作者給了她一個很妙的綽號——尷尬人。這三個字點名了她的處境並不怎麼如意。然而她卻是從古至今，俗世生活裡的某種典型人物。

曹雪芹描寫邢夫人的時候，清楚地指陳道：「稟性愚弱，只知奉承賈赦以自保，次則婪取財貨為自得，家下一應大小事務俱由賈赦擺布。凡出入銀錢一經他的手，便剋扣異常，以賈赦浪費為名，須得我就中儉省，方可償補。兒女奴僕，一人不靠，一言不聽。」

榮府大老爺賈赦有一兒一女，分別是賈璉和迎春，只不過這兩位都是庶出的，而非邢夫人親生。因此，日常生活裡，她與這些兒女們看來幾乎完全不相干。媳婦王熙鳳又太強勢了，故而也未曾將她這個婆婆放在眼裡。至於賈赦本人則是個好色濫淫之輩，脾氣又非常嚴峻！久而久之，邢夫人便養成了屈從與坑吝的習性。

邢夫人孤立、無所依憑的種種處境，加上沒有見識，也毫無指望的人生，其實在中產階級的社會裡，也俯拾即是。現代作家張愛玲在〈鴻鸞禧〉裡，描述婁家一家大小俱是漂亮的、要強的，尤其婁先生從窮的時候起就愛面子，特別好應酬，於是將太太一次又一次放在為難的處境裡，讓做太太的不斷重新發現自己的「不夠」。

及至家道興隆了，婁太太亦未嘗享受過一兩天順心的日子，因為場面一大，更凸顯了她的不夠！然而如果教她去過另外一種生活，教她不用再穿戴整齊、應酬、拜客，她也不會快樂！人生至此走到死胡同！左右為難，凡是沒有順心的時候。張愛玲對「太太」的諷刺，來自婚姻生活的辛酸，然而那份情懷也僅止於落寞、迷惘和悵然，生活整體隱含著悲涼的況味。

小說裡寫道：

> 婁太太又感到一陣溫柔的牽痛。站在臉盆前面，對著鏡子，她覺得癢癢地有點小東西落到眼鏡的邊緣，以為是淚珠，把手帕裹在指尖，伸進去揩抹，卻原來是個撲燈的小青蟲。婁太太除下眼鏡，看了又看，眼皮翻過來檢視，疑惑小蟲子可曾鑽了進去；湊到鏡子跟前，幾乎把臉貼在鏡子上，

一片無垠的團白的腮頰；自己看著自己，沒有表情……。

從曹雪芹到張愛玲，在世情小說家的眼中，「太太」們的傷悲是連對自己都說不清楚的。他們的具體形象是兩道眉毛永遠緊緊皺著，因為現實生活裡並沒有過分的悲傷，大部分的時候，僅只是「麻煩！麻煩！」而已。

機關算盡，嘆人世……

——王熙鳳與探春

在紛繁多彩的紅樓女性世界裡，聲勢非凡出眾者，首推王熙鳳。王熙鳳的地位重要，在這偌大的故事架構底下，我們首先清楚地看到作者安排了賈寶玉、林黛玉和薛寶釵等三位主角，來演繹十八世紀貴族閨閣裡的愛情風波；而與此想對舉的，正是以王熙鳳作為一支擎天柱，貫穿了賈府家族的興衰榮辱。因此，《紅樓夢》一書如果剝除了王熙鳳的戲分，這個故事框架將會崩解凋敝，僅剩一段才子佳人的愛戀奇談。

王熙鳳出身於金陵門閥，她的叔叔王子騰家是賈、史、王、薛四大家族中，官位家聲最為烜赫的一族，因此鳳姐兒出身高貴，從小見多識廣、傲視群倫。她未出閣以前，好著男裝，又有一個像男孩子一般的正式學名，使我們可以想見，她的父母親也將她當作男孩子教育，這也是養成她日後在榮國府裡，仲裁事務時，往往殺伐決斷、歷練老到的成長背景。

當日劉姥姥進府打秋風，周瑞家的向她老人家解釋，如今管家的奶奶是王熙鳳，一提到這位鳳姑娘，年紀雖小，行事卻比別人都大！「如今出挑得美人兒一般的模樣兒；少說些有一萬個心眼子。再要賭口齒，十個會說話的男人也說不過她呢！」

我們只看王熙鳳在秦可卿喪事期間，整頓寧國府的嚴明作風，便能清晰地感受到她樹立威權的本事。其實要做好賈府當家奶奶的職務，並不是容易的事。王熙鳳上頭有三層公婆，中間正庶姊妹弟兄妯娌，下層的奴僕男女，幾乎彼此之間都有複雜的矛盾糾葛，鳳姐兒的婆婆邢夫人要幫大老爺討老太太的貼身丫鬟鴛鴦做妾，她一度陷入尷尬的夾縫，幸好及時巧妙地脫離了危險處境。王夫人當面斷定大觀園裡拾獲的風月物件——繡春囊，是鳳姐所有，這樣的委屈，她也能及時洗刷。

王熙鳳還有一項最大的特長，便是為賈府宗法層峰的老太君，製造晚景中的熱鬧歡笑！她的詼諧經常也是化解危機的靈藥，因此鳳姐兒絕不是丑角一般的人物所能概括。當賈母為了賈赦要討鴛鴦而大發雷霆，眾人深陷戰戰兢兢、鴉雀無聞的難堪時刻，就是王熙鳳顯露本領的時機。她一開口，竟然假意埋怨起老太太來了：「誰叫老太太會調理人？把人調理得水葱兒似的！」這麼簡單的兩句話，便逗得老太太一笑，緊張的氣氛也就瞬間化解了一大半。那剩下的一點餘怒，也在王熙鳳的幽默調笑之中，逐漸平息了。

這機緣便在稍晚的牌局裡，鳳姐兒不僅懂得故意輸錢，輸了錢還像小孩子一樣，小氣又耍賴！惹得薛姨媽念她一句：「果然鳳姐兒小氣，不過玩意兒罷了。」鳳姐兒這回便逮著了借題發揮的契機，立刻拉著姨媽回頭指著賈母放錢的櫃子，大聲玩笑道：「姨媽瞧瞧，那個裡頭不知玩了我多少去了！這一吊錢玩不了半個時辰，那裡頭的錢就招手兒叫它呢！」

王熙鳳隨機談笑，口才伶俐，話鋒機巧，每每一開口，便使人如聞其聲，想見其形貌。例如在她辦完了秦可卿的喪事，將寧國府的風紀徹底地整頓了一番，正在得意自滿的時候，她的丈夫賈璉遠行歸來，才一進門，便聽見她喜洋洋地展演起一場單口相聲：「國舅老爺大喜！國舅老爺一路風塵辛苦。小的聽見昨日的頭起報馬來報，說今日大駕歸府，略預備了一杯水酒撢塵，不知賜光謬領否？」

賈璉笑道：「豈敢豈敢，多承多承。」鳳姐又繼續說道：「我那裡照管得這些事！見識又淺，口角又笨，心腸又直率，人家給個棒槌，我就認作『針』。臉又軟，擱不住人給兩句好話，心裡就慈悲了。況且又沒經歷過大事，膽子又小，太太略有些不自在，就嚇得我連覺也睡不著了。我苦辭了幾回，太太又不容辭，倒反說我圖受用，不肯習學了。殊不知我是捻著一把汗兒呢！一句也不敢多說，一步也不敢多走。你是知道的，咱們家所有的這些管家奶奶們，那一位是好纏的？錯一點兒他們就笑話打趣，偏一點兒他們就指桑說槐地抱怨。『坐山觀虎鬥』、『借劍殺人』、『引風吹火』、『站乾岸兒』、『推倒油瓶不扶』……，都是全掛子的武藝！況且我年紀輕，怨不得眾人不放我在眼裡。更可笑那府裡忽然蓉兒媳婦死了，珍大哥又再三再四地在太太跟前跪著討情，只要請我幫他幾日，我是再四推辭，太太斷不依，只得從命。依舊被我鬧了個馬仰人翻，更不成個體統，至今珍大哥哥還抱怨後悔呢。你這一來了，明兒你見了他，好歹描補描補，就說我年紀小，原沒見過世面，誰叫大爺錯委他的。」

王熙鳳變換著各種說法，一面奉承賈璉，同時也炫耀自己的才能，說話多巧妙！然而背後也隱藏了深沉的弄權和貪利的心思。鳳姐兒說：「我從來不信什麼陰司地獄報應的，憑什麼事，我說行就行！」作者以她的快人快語，暴露其心機與私欲。她以狡詐狠毒的方法，騙得尤二姐進入大觀園，接著便直闖寧國府，當場翻臉逞威！

那寧府中，下人黑壓壓跪了一地，也只能討饒。她指著尤氏痛罵：「妳發昏了？妳的嘴裡難道有茄子塞著？不然是他們給妳嚼子啣上了？為什麼妳不來告訴我去？妳若告訴了我，這會子不平安了？怎麼得驚官動府，鬧到這步田地？妳這會子還怨他們！自古說妻賢夫禍少，表壯不如裡壯，妳但凡是個好的，他們怎得鬧出這些事來？妳又沒才幹，又沒口齒，鋸了嘴的葫蘆，就只會一味瞎小心，應賢良的名兒！」說著，還狠命地啐了她幾口！

鳳姐兒的威稜無人敢擋！下人興兒早就對此發過一通議論，卻沒能警醒尤二姐，以避免災禍：「我告訴奶奶，一輩子別見她才好。嘴甜心苦，兩面三刀，上頭一臉笑，腳下使絆子；明是一盆火，暗是一把刀，都占全了！只怕三姨的這張嘴還說她不過。奶奶這樣斯文良善的人，哪裡是她的對手！」

王熙鳳以狡詐狠毒的手段逼死了尤二姐，她是家庭戰場的勝利者，然而她畢竟不是賈府的政治家，當年秦可卿臨終託夢，指陳家族所面臨的危機，希望她多置義田、立家塾，將來退敗後才有依靠。但是鳳姐兒只看中眼下的實利，將未來的生路給擱置了，這一點卻和探春的才幹形成了對照。

探春偶然得到理家的機會，便立刻顯現出久遠規畫的眼光，與興利除弊的細膩盤算。這位優游在琴棋書畫文藝世界裡的大家閨秀，雖有組織才能和理想抱負，然而過往最大的實踐，也僅止於籌組詩社。探春的才情高雅，氣質清新，心思精細，從不忸怩作態。她的住處氣象闊朗，喜好以字畫裝飾空間，特別是收藏了顏真卿的墨跡，顯現其氣度不俗！還有米芾的煙雨圖，更凸顯出她開闊的心胸和情趣。

這樣一位在處事精明度上，與王熙鳳不相上下的大家閨秀，卻一生面臨著尷尬的處境。她的庶出身分，生母趙姨娘的猥瑣陰險，在在使她無地自容。以至於親舅舅趙國基死了，她堅守慣例，不肯容情多賞一分錢，同時又趁機黜免了賈環、寶玉與賈蘭上學時，重複支出的點心紙筆銀錢。這些舉動，著時驚動了府中上下，卻唯有王熙鳳對她看重禮遇有加，鳳姐兒叮嚀平兒道：「她雖是姑娘家，心裡卻事事明白，不過是言語謹慎。她又比我知書識字，更厲害一層了。如今俗語說：『擒賊必先擒王』，她如今要作法開端，一定是先拿我開端。倘或她要駁我的事，你可別分辨，你只愈恭敬，愈說駁得是才好。千萬別想著怕我沒臉，和她一強，就不好了。」

王熙鳳對探春的另眼相看，曾一度使這大家庭興利除弊的風氣呈現積極的榮景，大觀園終於有了具體的管理辦法，一切稻米、竹筍、蓮藕、花果、魚蝦，都成了經濟作物。各區委派差役承包，一年可淨賺四百兩銀子！然而賈府的現實處境已是「主僕上下安富尊榮僅多，運籌謀畫者無一」，在偌大的頹敗景象中，探春的經濟措施就像是在即將垮台的高樓上，補了幾根釘子，能夠挽救的局面已是有限。而探春的清醒與籌謀，也僅顯露出她內心的淒涼與無限的寂寞。

卷五：

風流平生　淺斟低唱

蘇州好，戲曲協宮商

——賈薔的風雅差事

清初蘇州市井的繁華榮盛，實與聖駕幾度南巡的歷史背景息息相關。在《紅樓夢》裡，預備迎接元春省親的一應事務，幾乎都與蘇州文物、文化有關，例如：十二名小戲子並教席、行頭、樂器等，俱來自蘇州。還有十二個小尼姑，那為首的妙玉更是一位蘇州名媛，她所使用的名貴茶具，乃至大觀園荇葉渚上撐畫舫的駕娘，連同幾艘棠木舫與篙槳……等，無一不是來自蘇州。

書中第十六回寫賈薔自稱他即將下姑蘇去聘請教習，以及採買女孩子，並置辦樂器、行頭等事，又提及賈赦命他帶領著管家的兩個兒子，以及單聘仁、卜固修等兩位清客相公，一同前往。這麼大的陣仗隨行，又有清客輔佐，然而賈璉卻還是將賈薔打量了一番，並以不信任的口吻笑道：「你能在這一行嗎？這個事雖不算大，裡頭大有藏掖的！」賈薔陪笑著說道：「只好學習著辦罷了。」賈璉擔心蘇州戲曲學問大，牽涉極廣！不是賈薔可以張羅得過來的。而賈薔看來也並無十足的把握，好像是說「走一步算一步」的意思。這畢竟是一件風雅之事，卻到底有著怎樣的學問藏掖其中？竟使得金陵侯府出身的貴公子也沒了成算。

事實上，在明清兩代，蘇州作為夙負盛名的戲曲重鎮，當時家家戶戶都能唱戲，此乃尋常之事。不僅如此，連三歲小孩兒也懂得戲文，很多孩子更是從小就專心學戲，到了七、八歲上，不需要粉墨登場，隨時隨地也能開口唱戲。這樣的地方風韻與傳統，還可以遠紹自唐代，因為吳地人們說話唱歌音質清脆婉麗，自古以來便有善謳的才能，尤其是以江南風光形諸於詞曲，更予人纏綿不盡的情意。至明代中後期，有魏良輔「創為新聲」，梁伯龍「製為豔詞」，從此，蘇州一帶「古調不作，競為新聲」，崑曲至此大興。此劇種最美的是人聲與器樂的結合，彷如絲髮一般柔順滑細，因此廣受青睞，迅速地流傳至大江南北，於是有南崑與北崑兩大系的成形。然而無論是在何處，其時都已達到「四方歌者，必宗吳門」的地步。

根據統計，僅康熙一朝，蘇州地區就有上千個戲班，而以寒香、凝碧、妙觀、雅存等尤為名班。梨園子弟可以說是蘇州人文風貌中最大的特色了！當時城內城外天天開唱演戲，幾乎晝夜不息！而諸多戲班也不僅限於蘇州本地人氏，更多是來自全國各地的演員群聚於此。可以想見其時空前的盛況！人才之多，劇團、樂器、行頭之繁雜，已經到了令人難以想像的地步！試想賈薔初到此地，該是如何地盲然與忙亂！難怪當他自願要到蘇州採買戲子與行頭時，賈璉會帶著懷疑的語氣，擔心他不能勝任這樣的職務了。

私家戲

——曹府的崑曲藝術

《紅樓夢》第五十四回寫賈府在新春過年期間，家班好戲連台，天天熱鬧非凡！那說書的女先生才唱罷了一套《將軍令》，一時又有梨香院的教習，帶了文官等十二個小戲子，從遊廊角門那頭走出來。

只見婆子們並未抬出衣箱，她們是推測賈母平時愛聽的不過是那三五齣戲，因此僅抱了幾包彩衣，就過來了。文官等人見過了賈母，便垂手侍立在旁。賈母於是笑著說道：「大正月裡，妳們師父也不放妳們出來逛逛？妳們今兒唱什麼？剛才那八齣《八義》鬧得我頭疼，咱們還是來些清淡的好。

「妳們瞧瞧，薛姨太太、李親家太太，她們可都是有戲的人家，不知聽過多少好戲呢！而她們家的姑娘也都比咱們家姑娘們見過好戲，聽過好曲子。她們家的小戲子又是那有名玩戲家的班子，雖說是小孩子，卻比大班還強呢！咱們好歹別落了褒貶！可得好好表現表現！少不得弄個新花樣兒出來。」

於是賈母命芳官唱一齣《尋夢》：「只要提琴和簫，笙、笛一概不用。」文官笑著回話：「老太太說的是，我們的戲自然不能入姨太太和親家太太、姑娘們的眼，不過聽我們一個發脫口齒，再聽一個喉嚨罷了。」賈母笑道：「正是這話了。」李嬸娘、薛姨媽也都笑道：「好個靈透的孩子！她也跟著老太太來打趣我們！」

賈母又說道：「我們家的戲班原是隨便的玩意兒，又不出去做買賣，所以總不大合時宜。」她又命葵官唱一齣《惠明下書》，不用化妝，清唱即可。「就只唱這兩齣，讓李嬸娘、薛姨媽兩位客人聽個新鮮罷了。妳們若省一點力，我可是不依的！」

文官等人聽說了，忙去上台扮演，先是《尋夢》，次是《下書》。眾人都聽得鴉雀無聞，薛姨媽讚歎道：「實在這戲我們也看過幾百班，從沒見用簫的。」賈母隨即說道：「有！這也在主人講究不講究罷了，不算什麼新奇。」

老太太又指湘雲說道：「我像她這麼大的時候，她爺爺有一班小戲子，其中有一個會彈古琴，因此演出《西廂記》裡的〈聽琴〉，《玉簪記》裡的〈琴挑〉，和《續琵琶》裡的〈胡笳十八拍〉，都是用古琴伴奏的，比今天這個更雅緻！」眾人都說道：「是啊！那更難得了！」

曹雪芹寫出了賈母聽戲的藝術鑑賞眼光，她不僅選用提琴和簫來伴奏《牡丹亭》，而且她小時候還經常聽到家班用古琴來演出《西廂記》與《玉簪記》，這些故事裡的男主角本來就是善彈琴的文人雅士，如今演出的小生在戲台上彈古琴、唱崑曲，彷彿與故事裡的男主人公合而為一了！老太太一句話，說出了家班高超的造詣與修養，其實都源於主人的講究。

故事中還提到了《續琵琶》裡的〈胡笳十八拍〉，這其實是一齣私家戲，作者正是曹雪芹的祖父曹寅。劇中講述「文姬歸漢」的情節，曹寅在這齣戲裡採用了胡腔，讓演出蔡文姬的女主角在〈製拍〉一折戲中，彈著古琴，自唱起來，以哀怨惆悵、婉轉動人的詠嘆曲，訴說著她一生悲慘的遭遇。

此外，曹寅還透過「昭君託夢」來賦予文姬「敘寫漢史」的文化使命。這個構想可能是源自曹寅的好友尤侗，曾著有《吊琵琶》雜劇四折，前三折為王昭君自抒悲怨，到第四折就是蔡琰酬酒青塚。更有意義的是，他讓扮演曹孟德的老生不塗粉墨，以自然的人物形象，突破了曹操向來「粉臉藏奸」的刻板形象，同時也藉這齣戲，翻轉了宋代以來一直將曹操視作奸雄的固定概念。在表演藝術方面，也對曹雪芹創作大花臉葵官，這一回不用抹臉，而直接唱戲的美學效果，產生了深刻的影響。

清韻幽幽

——中秋品笛

中秋節是歷來人們最重視的團圓節，《紅樓夢》裡的富貴風流之家又是如何雅致地度過這美好的節日呢？

話說這一晚，王夫人賈母笑道：「今日得母子團圓，自比往年有趣。往年娘兒們雖多，終不似今年自己骨肉齊全得好。」賈母笑道：「正是為此，所以我才高興拿大杯來吃酒！你們也換大杯才是。」賈母又命人將毛織的地毯鋪在階梯上，將月餅、西瓜、果品等食品都放在地毯上，於是丫頭、媳婦們也都團團圍坐著賞月。一時月到中天，比先前愈發精采可愛了！賈母說道：「如此好月，不可不聞笛。」便命人將打十番的女孩子傳來。原來中秋月圓之時，聽十番樂曲演奏已是一項歷史悠久的習俗。打十番，也稱為打鑼鼓，雖說是敲鑼打鼓。然而古時大家子弟的鑼鼓演奏卻是極富雅趣的！他們每七至十人一組，各人手上都有一件樂器，集合而演奏。尤其是在月明之夜，「人行月中，音度水上，殊有清趣！」

而此時賈母實在太喜愛天上這空靈的一輪明月了！於是她排除了鑼鼓，獨留笛聲，說道：「音樂多了，反失雅緻，只用笛子，遠遠地吹來，就夠了。」

於是賈母仍帶著眾人賞桂花，在馥郁清香的桂花叢中，重新入席暖酒暢飲。家人們正說著閑話，陡然聽見隔著桂花樹叢，那一端已幽幽咽咽，清清揚揚地吹出笛聲來了。趁著這明月清風，天空地淨，真令人煩心頓解，萬慮齊除。

眾人默默相賞，聽了約兩盞茶的時間，方才止住，大家稱讚不已！於是又斟上暖酒來。賈母問道：「好聽嗎？」大家都笑著說：「實在好聽。我們也想不到這樣，須得老太太帶領著，才能這麼開心地賞玩。」說得賈母興致更高了：「這還不是最好的，須得選那曲譜裡愈慢的調子吹來愈好！」說著，便將自己享用的一個內造瓜仁油松穰月餅，和一大杯熱酒，送給吹笛之人，讓她慢慢吃了，再細細地吹一套來……。

中國竹笛音色純淨豐美，音質悠揚渾厚中帶著秀麗委婉的風韻。在中秋之夜，明月清輝之下，節奏舒緩的樂曲，則特別使人感受到一陣陣抒情纏綿的意蘊，心中的情懷將隨著笛音蕩漾在桂花清雅的暖香之中。賈母一生都是富貴中人，由此培養出生活的雅興，其情趣與格調也都在一般人之上。眾兒孫隨著她靜心體會這太平盛世才能擁有的溫柔繁華，此情此景在日後曹雪芹貧寒交迫時回憶起來，又豈只是唏噓感嘆而已？

豪放激越

——紅樓女兒也愛水滸英雄戲

《紅樓夢》第二十二回寫薛寶釵及笄之年，成年禮就賈母內院中度過。當時家裡搭了一座精巧的戲台，訂了一班新出的小戲，專演崑、弋兩腔。並且就在賈母上房排了幾席家宴酒席，并無外客，只有薛姨媽、史湘雲、寶釵是客，餘者皆是自己人。吃了飯點戲時，賈母一定先叫寶釵點。寶釵推讓一遍，只得點了一折《西遊記》。賈母自是喜歡，又讓薛姨媽。接著命鳳姐點戲。鳳姐不敢違拗，且知賈母喜熱鬧，更喜謔笑科諢，便點了一齣《劉二當衣》。賈母果真更喜歡了！然後便命黛玉點。黛玉又讓薛姨媽、王夫人等。賈母道：「今日原是我帶著你們取樂，咱們只管咱們的，別理她們。我巴巴的唱戲、擺酒，是為她們不成？她們在這裡白聽白吃，已經夠便宜了，還讓她們點呢！」說著，大家都笑了。黛玉方點了一齣。然後寶玉、史湘雲、迎、探、惜、李紈等俱各點了，接齣扮演。至上酒席時，賈母又命寶釵點戲。寶釵點了一齣《魯智深醉鬧五台山》。寶玉道：「只會點這些戲。」寶釵道：「你白聽了這幾年的戲，哪裡知道這齣戲的好處，排場又好，詞藻更妙！」寶玉道：「我從來怕這些熱鬧！」寶釵笑道：「要說這一齣熱鬧，你還算不知戲呢！你過來，我告訴你，這一齣戲是一套『北點絳唇』，鏗鏘頓挫，韻律不用說是好的了；只那詞藻中有一支〈寄生草〉，填得極妙，你何曾知道？」寶玉見說得這般好，便湊近來央告：「好姐姐，念與我聽聽！」寶釵便念道：「漫搵英雄淚，相離處士家。謝慈悲，剃度在蓮台下。沒緣法，轉眼分離乍。赤條條，來去無牽掛。哪裡討，煙蓑雨笠捲單行？一任俺，芒鞋破缽隨緣化！」如今我們在京劇中還可以聽到一支「快點絳唇」，那通常是山寨大王出場時所唱的曲牌，例如：〈青風寨〉、〈定軍山〉等。而「北點絳唇」與「快點絳唇」都源於北曲，屬於北曲仙呂宮，全曲五句二十字，定格字句為：四、四、三、四、五。第四句為平仄平平，是它與南曲的差異所在，且通常第一和第二句皆用韻。寶玉聽了，喜得拍膝畫圈，稱賞不已，又讚寶釵無書不知。林黛玉道：「安靜看戲罷！還沒唱《山門》，你倒《裝瘋》了。」說得湘雲也笑了。於是大家看戲。而薛寶釵所說的這套「北點絳唇」乃是水滸英雄魯智深的戲。事實上在很多劇種裡都可使用「北點絳唇」，尤其是在京劇和北管戲裡，它甚至於被稱為「點將」。只看這個名稱便使人知道，這支曲牌經常用來表現元帥升帳，或重要人物上台時的場景，這時文武場特以鑼鼓、嗩吶烘托氣勢！薛寶釵明白這支曲子的優勢，因此在這個闔家喜慶的場合中，特別點這齣戲來與一家老小同樂。

賈寶玉素來喜愛纏綿的才子佳人崑曲小戲，所以並不留心在北曲上，這番經過寶姐姐的點撥，終於認識到它的精采處。原來弋陽腔擅以鑼鼓點染熱烈的氣氛，使得故事中的英雄人物愈發豪放、蒼莽與激越！只是寶玉的興奮之情，又惹得林黛玉不愉快了。林妹妹特用「裝瘋」一詞來諷刺賈寶玉得意忘形的樣子！真是一語雙關！因當時舞台上正演著薛寶釵所點的《醉打山門》，而《裝瘋》卻是另一齣元雜劇《功臣宴敬德不伏老》裡的第三折，說唐代尉遲敬德不肯掛帥出征，因此稱病裝瘋的故事。林妹妹不高興今天是寶姐姐的好日子，就連賈寶玉都只顧著奉承姐姐，因此藉由另一齣英雄好漢的戲碼來提醒賈寶玉注意到自己的存在。原來不獨薛寶釵懂得北曲，林黛玉在元雜劇的造詣上亦不遑多讓！更有意思的是，聽了林黛玉的話，獨有史湘雲笑了出來！可知寶釵、黛玉和湘雲這三位女主角的才學均在寶玉之上了。其實寶釵生日這天，大家為了討好賈母，所點的戲從《西遊記》到《水滸傳》都屬弋陽腔。這是宋元時期的南戲，以江西弋陽方言與音樂，揉合了北曲而形成的劇種。明、清兩代，已經成為大家熟習的主要聲腔。清代李調元在《劇話》裡指出：「弋腔始弋陽，即今高腔」。至於明代戲曲大家徐渭在《南詞敘錄》中更清楚地說道：「今唱家稱弋陽腔，則出於江西。」弋陽縣位於閩、浙、贛三省水路交匯。東漢建安十五年（西元二一〇年）始建縣，西鄰贛東撫河，北界瓷都景德鎮，南倚武夷山。古便是「南粵吳楚孔道，舟車輻輳，人文炳乎邦國」。兩宋時期，因交通車馬喧囂，熱鬧繁華。文人王安石、梅堯臣、楊萬里、陸游都曾留宿弋陽驛館，並在此賦詩祝酒，放歌抒懷。至南宋偏安，江西更成為主要的經濟區。曾鞏在《洪州東門記》中記載：江西每年漕運糧食乃天下之最，尤其是弋陽所產菌、茶、桔、蔗、瓜、粳、魚、果，「美比北土，富敵東吳」。在此豐饒的地區，自然吸引了無數曲藝家風蜂擁入贛。他們先後帶來了歌舞散樂、說唱雜劇、皮影傀儡等，俱為當地官紳百姓所樂見喜聞。自南宋紹興年間起，贛東少年傳唱南戲，以至南豐劉塤在《水雲村稿》中稱為之「永嘉戲曲」。後世在鄱陽與景德鎮相繼出土了宋代戲曲樂人的瓷俑，個個姿態表情獨具藝術性，有裝扮盔帽幞巾，緊身袖袍、短鬚髯口的武將，以及長袖圍裙、嬌媚掩口的花旦，加上螺帽弓肩，鼻梁上有白色方塊的滑稽丑角……。可明、清兩代，在江西的勾欄瓦肆中，確實有為數眾多的皮影與傀儡戲，包括：提線傀儡、手端傀儡、布袋傀儡、藥發傀儡等等，統稱為南宋六大傀儡。而江西弋陽腔同時也為《紅樓夢》這偌大的繁華盛世，妝點了許多齣配合喜慶場景的精采好戲！

妙撥絲、擅說書

——太太們愛聽蘇州評彈

《紅樓夢》裡許多回家庭宴會的場景都寫到太太、姑娘們慣聽「蘇州評彈」。小說第五十四回元宵家宴中，一時歇了戲，便有婆子帶了兩個門下常走的女先生進來，先放兩張杌子在那一邊，命她們坐了，將弦子、琵琶遞過去。賈母便問李嬸娘和薛姨媽兩位客人：「聽何書好？」她二人都回說：「不拘什麼都好。」賈母於是問女先生：「近來可有添些什麼新書？」那兩個女先兒回話：「倒有一段新書，是殘唐五代的故事。」賈母問是何名，女先兒回答：「叫做《鳳求鸞》。」賈母喜形於色：「這個名字倒好，不知因什麼起的？妳先大概說說緣故，若好再說。」

女先兒說道：「這書上乃說殘唐之時，有一位鄉紳，本是金陵人氏，名喚王忠，曾做過兩朝宰輔。如今告老還家，膝下只有一位公子，名喚王熙鳳……。」眾人聽到這裡，都笑將起來！賈母也忍不住笑道：「這不重了我們鳳丫頭的名兒了？」一旁管事的媳婦忙上去推女先兒，說道：「這是二奶奶的名字，少混說！」

那女先生忙笑著站起來道歉：「我們該死了！不知是奶奶的諱。」鳳姐兒卻一派輕鬆大方地笑道：「怕什麼！妳們只管說吧，這世上重名重姓的人多著呢！」

於是女先生們便說道：「這年，王老爺打發了王公子上京趕考，那日遇見大雨，進到一個莊上避雨。誰知這莊上也有個鄉紳，姓李，與王老爺是世交，便留下這公子住在她家的書房裡。這李鄉紳膝下無兒，只有一位千金小姐。這小姐芳名叫作雛鸞，琴棋書畫，無所不通……。」

賈母連忙止住她們：「不用說，我已猜著了，自然是這王熙鳳要追求這雛鸞小姐為妻了。」女先兒笑道：「老祖宗原來聽過這一回書。」眾人都道：「老太太什麼沒聽過！便沒聽過，也猜著了。」賈母笑道：「這些書都是一個套子，左不過是些佳人才子，最沒趣兒。把人家女兒說得那樣壞，還說是『佳人』，編得連影兒也沒有了。……這幾年我老了，他們姊妹們住得遠，我偶然悶了，說幾句聽聽，她們一來，就忙叫歇了。」李、薛二人都笑說：「這正是大家的規矩，連我們家也沒這些雜話給孩子們聽見。」

女先生明白了她們的家庭規矩之後，便回道：「老祖宗不聽這書，或者彈一套曲子聽聽罷。」賈母便說道：「你們兩個對一套《將軍令》罷。」二人聽說，忙和弦按調撥弄起來……。

蘇州評彈是結合評話與彈詞的綜合曲藝，明清之際流行於江南，而且是以蘇州吳語來演說故事和表演唱曲。相較於男藝人大談歷史興亡、家國盛衰與俠義公案等題材，所形成的「評話」與「評書」這一類說唱藝術。蘇州彈詞的故事題材則多集中在家庭倫常與愛情故事方面，而且以二人雙檔合作演出的形式最為常見。其中一人撥彈三弦，另一人演奏琵琶，演唱聲調纖細而婉約，唱曲以江南戲曲及民間小調為主，例如：紫竹調、茉莉花、銀鈕絲、知心客、道情調、吳江歌、梨膏糖、湘江浪、楊柳青……等。

評彈起源於明代蘇州，據《吳縣志》記載：「明、清兩朝盛行彈詞、評話，二者絕然不同，而總名皆曰說書，發源於吳中。」演員在表演之初，先說一段故事，內容包括時代背景的烘托，與主要人物的刻畫。講到精采處，往往加油添醋、引發笑料，帶動聽眾熱烈歡欣的氣氛，同時還有大量音樂的表演，更重要的是演員們的手部動作及面部表情都極盡模仿書中角色的歡喜悲哀，使得聽眾在感官上留下了深刻而具體的印象。

清初乾隆時期畫家徐揚，以皇帝南巡為背景繪製《姑蘇繁華圖》，其中便記錄了當時戲館與演出場所林立的情景。展開圖卷，我們可以看到斜橋臨河的廳堂內，正有二人相對而坐，其中一人彈奏三弦，另一人伴奏，手持樂器恰似琵琶，可知蘇州人以三弦和琵琶來從事曲藝說書，在當時確已成百姓人家生活中所不可或缺的一項娛樂形式。

此外，閱聽評彈的觀眾，多半以結過婚的成熟婦女為主，蓋因評彈內容常涉及男女私情，所以《紅樓夢》裡賈母不願意讓家中的孫兒孫女們聽見《鳳求鸞》一類的故事。至小說第六十二回寫道賈寶玉與薛寶琴、邢岫煙、平兒等人，同一天過壽，家中雖然備有彈詞上壽，然因家教嚴格，因此這些少男少女們也不敢在沒有長輩陪同的情況下，聆聽蘇州評彈。

故事寫道：這日筵開玳瑁，褥設芙蓉。眾人都笑說：「壽星全了！」正在互相讓位的時候。薛姨媽說道：「我老天拔地，又不合你們的群兒，我倒覺拘得慌！不如我到廳上隨便躺躺去倒好。我又吃不下什麼去，又不大吃酒，這裡讓給妳們，倒便宜。」寶釵聽見母親如此說，也同意道：「這也罷了，倒是讓媽媽在廳上歪著自如些，有愛吃的送些過去，倒自在了。那前頭沒人，媽媽去了，又可以幫忙照看。」

因此大家送薛姨媽到議事廳上，命丫頭們鋪了一個錦褥並靠背引枕，又囑咐道：「好生給姨太太搥腿，要茶要水別推三扯四的。回頭給妳們送東西來，姨太太吃了，就賞妳們。只別離了這裡，亂跑出去。」小丫頭們都答應了。

一時，大夥兒進屋裡來，讓寶琴、岫煙二人在上座，平兒面西，寶玉面東，各自入座。探春又接了鴛鴦過來，二人並肩對面相陪。西邊一桌是：寶釵、黛玉、湘雲、迎春、惜春等人依序，一面又拉了香菱、玉釧兒二人打橫。三桌上有：尤氏、李紈，以及襲人和彩雲陪坐。四桌上便是：紫鵑、鶯兒、晴雯、小螺、司棋等人圍坐。

大家坐定之後，隨即有兩個女先兒進來準備演出彈詞，藉以上壽，然而姑娘們卻連忙說道：「我們沒人要聽那些野話，你廳上去說給姨太太解悶兒去吧！」一面又將各色吃食挑選了一些，命人給薛姨媽送去。足見「蘇州評彈」確實是太太奶奶們專享的說唱藝術。

沙飛船上宴遊樂

——看戲、宴飲、賞風光

論起蘇州一地的戲曲文化，亦與民俗信仰有關，而直到晚明，當地尚無陸上戲館，虎丘山塘一帶，人們往往在「沙飛船」上，觀賞酬神宴客的戲碼。《清人逸事》記載：「款神宴客，侑以優人，則於虎丘山塘演之。其船名卷梢，觀者別雇沙飛、牛舌等小舟環伺其旁。小如瓜皮往來渡客者，則曰蕩河船。」而清代官修《浙江通志》也具體說明，沙飛船是船頂可以架戲樓的一種樓船，它的材質十分講究，往往是選擇上好的榆樹或樟木來搭建船體，船舷則以優良的杉木構成。為了演出及觀賞的需要，船艙一般都較深廣，頂棚加長，亦為其特色。行進間，穩定度高。每到廟會期間，許多人雇用沙飛船演出各劇種的折子戲，屆時岸邊水上幾乎人山人海，水洩不通，「個個仰首踞足望之」。

《紅樓夢》第四十回也出現眾人登上木船嬉遊的場景。第四十回寫劉姥姥進賈府，第二天清早可喜天氣晴朗，李紈帶著家人正擦抹桌椅、準備茶酒器皿，豐兒卻進來將庫房的鑰匙交給李紈，於是李紈待人來到大觀樓底下，命人開了綴錦閣，將高几一張一張地抬出來。待劉姥姥進去看時，只見倉庫裡有各式圍屏、桌椅、大小花燈之類的家具，應有盡有，五彩輝煌！關門上鎖之後，李紈突然想起一事，復又囑咐道：「恐怕老太太高興，索性把舡上划子、篙槳、遮陽幔子都搬了下來預備著。」眾人答應著，又開了鎖，將乘船的一應工具，一樣一樣地搬下來。接著李紈又命小廝去傳駕娘過來，讓她們到舡塢裡撐出兩艘船來。

此後，賈母領著劉姥姥和眾人在瀟湘館坐了一會兒，出門時，遠遠地望見荇葉渚上有船，賈母便說道：「他們既預備下船，咱們就坐一回。」說著，便向紫菱洲蓼漵一帶走來。還沒有到池邊，只見幾個婆子手裡都捧著整齊一式的掐絲戧金五彩大盒子，大夥兒才想起還未擺早飯呢！於是眾人將食盒依賈母的意願先一步送到秋爽齋，將曉翠堂的桌椅搬開，預備在此設席。那時鴛鴦笑道：「天天咱們說外頭老爺們吃酒吃飯都有一個篾片相公，拿他取笑兒。咱們今兒也得了一個女篾片了。」鳳姐兒一聽就知道說的是劉姥姥，果然這一頓早餐，在鳳姐兒和劉姥姥的刻意取笑之下，吃得熱鬧非凡！

飯後，眾人一齊出來。走不多遠，已經到了荇葉渚。那姑蘇選來的幾個駕娘早把兩隻棠木舫撐來，眾人扶了賈母、王夫人、薛姨媽、劉姥姥、鴛鴦、玉釧兒上了這一艘，落後李紈也跟上去了。當鳳姐兒上船時，她一時興起，也要學姑蘇駕娘一般立在船頭上撐船。賈母在艙內忙說道：「這不是玩的！雖不是河裡，也有好深的！你快給我進來！」

蘇州水域發達，人們長期慣於在水上遊樂，包括看戲、宴飲、賞玩風光、取樂說笑等，因此在《紅樓夢》裡寫道賈府眾人所乘之船，連駕娘一併都是從姑蘇買來的。這些駕娘自幼習於撐船，技巧看似簡單，其實就像戲曲一般，裡頭大有「藏掖」之處！

鳳姐兒小看了這一門技藝，輕鬆地笑道：「怕什麼！老祖宗只管放心。」說著便一篙點開。到了池當中，船小人多，鳳姐只覺得船身一直亂晃，慌忙間趕緊把篙子遞與駕娘，自己卻蹲了下來。看來，駕船也不是件輕易可以嘗試的事。更何況還得讓船上的乘客一派優閑地遊賞風光，吃吃喝喝，甚至於忘情地觀賞樓船上正在演出的崑曲折子戲。

果然賈府裡，蘇州來的駕娘手藝非凡，我們看賈寶玉和林黛玉雙雙在船上愜意地討論李商隱的詩，便可知這船行駛得多麼穩便了。寶玉看著破敗的荷葉說道：「這些破荷葉可恨！怎麼還不叫人來拔去？」寶釵笑道：「今年這幾日，何曾饒了這園子閑了，天天逛，哪裡還有叫人來收拾的工夫？」林黛玉卻說道：「我最不喜歡李義山的詩，只喜他這一句：『留得殘荷聽雨聲』。偏你們又不留著殘荷了！」寶玉聽了也歡喜，說道：「果然好句！以後咱們就別叫人拔去了。」閒話之間，不知不覺地，木船已穩穩地划到了花漵的蘿港之下，李商隱詩中的「殘荷」與眼前一片衰草殘菱的景象，更增添了此刻濃濃的詩意與秋情。

悠悠盪盪……

——江南水上人家

清代江南長途旅行的交通運輸方式主要是走水路，乘船是當時人們最便利、速捷的行程安排。

例如：《紅樓夢》第四十九回寫道邢夫人的兄嫂帶了女兒岫煙進京來投靠邢夫人，可巧鳳姐的兄長王仁也正進京，兩家親戚竟然在路上相逢了！一齊行到半路，正要將船停泊靠岸時，又遇見李紈的寡嬸，帶著兩個女兒——李紋和李綺，也上京來。大家在船上敘起情誼來，都是親戚，因此三家一路同行。不久之後，又有薛蟠的從弟薛蝌，因當年父親在京時，已將胞妹薛寶琴許配給都中的梅翰林之子，此刻正要進京嫁妹，聽說王仁進京，他也隨後帶了妹子趕來。所以今日會齊了，都往賈府來訪投親戚。

這一段故事寫得有趣！未來大觀園裡也將增添許多吟詩作對的生力軍。而個人進入金陵城的方式卻都是乘船，讓我們再回想第四十八回，那時黛玉剛早起梳洗完畢，只見香菱笑吟吟地送了詩集回來，又要借杜律。黛玉笑道：「妳一共記得多少首了？可領略了些滋味沒有？」香菱笑道：「領略了些滋味，不知可是不是，說與妳聽聽。據我看來，詩的好處，有口裡說不出來的意思，想去卻又是逼真的。有似乎無理的，認真想去竟是有理有情的。」黛玉笑道：「這話有些意思，但不知何處見得？」香菱笑道：「我看——這『渡頭餘落日，墟裡上孤煙』：這『餘』字和『上』字，難為他怎麼想來？我們那年上京來，那傍晚便入港灣住船，岸上又沒有人，只有幾棵樹，遠遠的幾家人家作晚飯，那個煙竟是碧青，連雲直上。誰知我昨日晚上讀了這兩句，倒像我又回到那個地方去了。」

看來乘船走水路往返各鄉城，不僅是生活所必需，而且已經使人連結到詩情畫意的層面上。然而我們最不該忘懷的應是小說第三回林黛玉進京時，作者亦花了篇幅書寫黛玉乘船的因由：「那女學生黛玉身體方癒，原不忍棄父而往；無奈她外祖母致意務去，且兼如海說：『汝父年將半百，再無續室之意；且汝多病，年又極小，上無親母教養，下無姊妹兄弟扶持，今依傍外祖母及舅氏姊妹去，正好減我顧盼之憂，何反云不往？』黛玉聽了，方灑淚拜別，遂同奶娘及榮府中幾個老婦人登舟而去。」她的老師賈雨村則另有一隻船，帶兩個小童，依附黛玉而行。

此處說明了乘船時，主僕、男女有別的禮教習俗。我們現代人一般乘坐飛機或高鐵去旅行，閱讀《紅樓夢》時總使我們腦海中隨時浮現江南水上人家，悠悠盪盪享受山水風光的美好畫面。

賈寶玉最怕的是……

——西洋自行船

蘇州位於太湖平原，其間湖蕩棋布，河港阡陌，水域寬廣，是故向來被稱為江南水鄉。在蘇州生活的人們，交通往來素與水道密不可分，根據《吳縣志》的記載：「吳為水國陂澤、碁置川渠絡、利足於注溉運輸、舟楫四達，豈非富庶之資耶？」

《紅樓夢》裡兩位非常重要的女主角都來自蘇州，一位是林黛玉，另一位是妙玉。而書中談到林黛玉的蘇州背景，又多與行船有關。例如第五十七回賈寶玉因受到紫鵑的嚇唬，深怕林黛玉真的坐船回蘇州去，因此只要一看到「船」，便如同驚弓之鳥：

一時寶玉又一眼看見了十錦格子上陳設的一只金西洋自行船，便指著亂叫說：「那不是接她們來的船來了？灣在哪裡呢！」賈母忙命拿下來。襲人忙拿下來，寶玉伸手要，襲人遞過去，寶玉便掖在被中，笑道：「這可去不成了！」一面說，一面死拉著紫鵑不放。

到了第五十八回寫賈寶玉病了一場之後，步出院外。因近日已將大觀園裡的眾多產業都分與眾婆子管理，她們各司職業，皆在忙時，也有修竹的，也有砍樹的，也有栽花的，也有種豆的，池中又有駕娘們行著船夾泥、種藕的。寶玉見到香菱、湘雲、寶琴與丫鬟等都坐在山石上，正在玩笑取樂。寶玉也慢慢行來。湘雲見了他來，忙笑說：「快把這船打出去，他們是接林妹妹的！」說得眾人都笑起來！寶玉遂紅了臉。

有趣的是，我們常常在生活口語中說載「一車子」的貨物，然而在《紅樓夢》裡卻要改為「一船」才符合實際。第六十七回賈寶玉看見林黛玉哭得兩眼紅紅的，賈寶玉原本就是個聰明人，而且一心總留意在林黛玉的身上，所以深知黛玉為人心細心窄，又多心好強，因看見寶釵的哥哥自蘇州回來，帶回的盡是林黛玉故鄉的物品，於是勾想起她的痛傷來。寶玉揣摩出黛玉的心情，於是故意笑道：「妳們姑娘不為別的緣故，為的是寶姑娘送來的東西太少了，所以生氣傷心。妹妹，妳放心！等我明年往江南去，再與妳多多的帶兩船來，省得你淌眼抹淚的。」

林黛玉聽了這些話，不由「嗤」的一聲笑了出來。賈寶玉明知道林黛玉的心病，卻不明白說出來，是怕她難堪，所以故意誤解她的意思，說她嫌東西少，惹得黛玉不由自主地發笑。這一段故事婉曲自然地訴說了賈寶玉作為一個情人，能夠細心體會林黛玉內心的傷感，還能適時地說個無傷大雅的笑話，排解黛玉一時湧上心頭的思鄉情緒。他們的戀情建立在彼此互為知己的基礎上，堪稱是中國文學史上最細膩纏綿的一段戀愛絮語。

清明涕送江邊望

——婚禮中的迎船

在明清之際，江南的撐船行業除了提供水上運輸、娛樂與採蓮等經濟活動之外，還有一項功能便是作為婚禮迎娶之用，因此又稱為「迎船」。《紅樓夢》第五回「金陵十二釵判詞」中，關於探春遠嫁的畫面即是乘船：「兩個人放風箏，一片大海，一隻大船，船中有一女子，掩面泣涕之狀。」題詠詩云：「才自精明志自高，生於末世運偏消；清明涕送江邊望，千里東風一夢遙。」此處形容探春遠嫁海隅，表明將來難得再有返鄉之期。

船隻在當時作為主要的運輸工具，包括嫁娶之用，蓋因當地水域縱橫交錯，南來北往的交通船隻經常載滿了各式貨物與許多乘客，輕快地穿梭運行在市河航道上。而當地人們往往挑選大方氣派的船隊來作為嫁娶迎親之用。

迎船最大的用途便是在婚禮之日，作為男方家庭派往迎接新娘與嫁妝的運輸工具。這時候，人們會將船隻裝飾得華麗多采！當船隻行經河里之間，船上發出鑼鼓喧闐的響聲，並且一路燃放喜慶鞭炮！鎮上老少俱來觀看，他們會看到船上盛滿了豐厚的妝奩與陪嫁物品，像是：花團錦簇的緞面絲綢錦被、黃銅包角的實木衣箱、子孫桶、定勝糕等寄託子孫綿延、事業興旺之物，層層堆疊，顯示出女方家族的財力雄厚！

此時，船頭也插著高高的竹枝，以取得節節高升的好口采。而船艙裡則擺放了條椅，兩邊對坐著南方迎親隊伍的小夥子們，與女方送親隊伍的妙齡少女們，彼此說說笑笑、嬉嬉鬧鬧地蕩漾在樂隊音響與鞭炮聲中，一派喜慶景象。

《紅樓夢》第四十九回寫道邢夫人之兄嫂帶了女兒岫煙進京來投靠，可巧鳳姐之兄王仁也正進京，兩親家一處打幫來了。走至半路泊船時，又遇見李紈之寡嬸，帶著兩個女兒——大名李紋，次名李綺，也上京。大家敘起來，又是親戚，因此三家一路同行。這三家人便是在水上碼頭泊船處相遇的，後來又有薛蟠之從弟薛蝌，因當年父親在京時，已將胞妹薛寶琴許配都中梅翰林之子為婚，此時正欲進京發嫁，聞得王仁進京，他也隨後帶了妹子趕來。各路人等，於是會齊了，一同來訪投親戚。

他們不僅都是乘船走水路來會親戚，而且其中尤以薛寶琴特別是來舉行婚嫁的，足可見船隻在當日卻為民間主要的交通功具，同時也在婚禮迎親時節，扮演著不可或缺的重要角色。

蘇州駕娘拉冰床

——雪季活動

大觀園裡的蘇州駕娘們手藝非凡，賈寶玉和林黛玉在船上愜意地討論李商隱的詩：「留得殘荷聽雨聲」。讓寶玉擊節讚賞，聲稱往後都要留著殘荷了！

事實上，賈寶玉真說對了一件事！賈府當初從蘇州購買的棠木船，主要用途之一就是整理蓼汀花溆一帶的枯荷與蓮梗。《紅樓夢》第十七回，賈政帶著寶玉和眾清客正要進港洞時，隨即想起有船無船的問題。當時賈珍回答道：「採蓮船共四隻，座船一隻，如今尚未造成。」賈政笑道：「可惜不得入了。」賈珍道：「從山上盤道亦可以進去。」於是賈珍在前導引，大家攀藤撫樹過去。只見水上落花愈多，其水愈清，溶溶蕩蕩，曲折縈迂。池邊兩行垂柳，雜著桃杏，遮天蔽日，真無一些塵土。可知當時賈府一共訂購了四艘採蓮船，以及一艘座船，並且正在趕工中，所以眾人只得循著池邊一路欣賞水景，一邊攀藤撫樹而過。

至於賈府所買來的船娘卻又不僅僅是負責撐船一項工作，小說第五十六回寫

「時寶釵小惠全大體」時，曾經透過薛寶釵精打細算地指陳道：「天下沒有不可用的東西，既可用，便值錢。」因此探春提議：「不如在園子裡所有的老媽媽中，揀出幾個本分老誠能知園圃的事，派准她們收拾料理，也不必要她們交租納稅，只問她們一年可以孝敬些什麼？一則園子有專定之人修理，花木自有一年好似一年的，也不用臨時忙亂，二則也不致作踐，白辜負了東西，三則老媽媽們也可借此小補，不枉年日在園中辛苦，四則亦可以省了這些花兒匠山子匠打掃人等的工費。將此有餘，以補不足，未為不可。」

但是寶釵並不完全同意：「雖是興利節用為綱，然亦不可太嗇。縱再省上二三百銀子，失了大體統，也不像。……若一味要省時，哪裡不搜尋出幾個錢來。凡有些餘利的，一概入了官中，那時裡外怨聲載道，豈不失了你們這樣人家的大體？」

為了顧全偌大賈府的體面，又要做得公平公道，寶釵因此建議：「如今這園裡幾十個老媽媽們，若只給了這個，那剩的也必抱怨不公。我才說的，她們只供給這幾樣，也未免太寬裕了。一年竟除了這個之外，她每人不論有餘無餘，只叫她拿出若干貫錢來，大家湊齊，單散與園中這些媽媽們。她們雖不料理這些，卻日夜也是在園中照看、當差之人，關門閉戶，起早睡晚，大雨大雪，姑娘們出入，抬轎子、撐船、拉冰床。一應粗糙活計，都是她們的差使。一年在園裡辛苦到頭，這園內既有出息，也是分內該沾帶些的。還有一句至小的話，索性說破了：妳們只管了自己寬裕，不分與她們些，她們雖不敢明怨，心裡卻都不服。」

可知船娘們一年四季為園子裡的姑娘們撐船、拉冰床，確實做了許多粗活兒，尤其是大雪天裡拉冰床，那是在冰上滑行的冬季活動。

冰床雖名為交通工具，實際上乘船的富家少爺、姑娘們確實心曠神怡地置酒案於拖床上，一邊飲酒，一邊賞景，享受著陶然愜意的滑行樂趣。而駕娘們乃以駱駝毛擰成的拉繩，以防止凍手，她們的鞋也與眾不同，是皮向內、毛朝外的特製棉鞋。冰床皆以木材製成，長五尺，寬約三尺，可同時乘坐三至四人。在木床與冰面接觸的地方，以鐵條鑲嵌，可減少冰床的摩擦。拉冰床的駕娘們一人在前牽繩，其餘在旁以慣性和速度的原理，借冰之力拖床在冰上滑行，牽繩急行數步之後，拉船的駕娘們便飛身躍坐床沿，此時冰床仍行走如飛，使乘坐冰床者陶然其中。

駕娘們一年四季的工作算是相當辛苦，而今一旦大觀園裡多出了一些生計來，例如：瀟湘館的整片竹林便交給了管理打掃竹子的老祝媽，稻香村的菜蔬稻稗便授予了原本種莊稼的老田媽，那蘅蕪苑的香料香草、怡紅院的春夏玫瑰，以及薔薇、寶相、金銀藤……，都交與了茗煙的母親老葉媽，她們這些額外所得最好是取出一部分來，分給那些抬轎、撐船、拉冰床的僕役們，這樣一來，既不顯得主人小器，又能分配公允，可知這批蘇州駕娘後來也得到了額外的補貼。

踏雪尋梅

——冬季詩情

冬季除了在冰床上享受雪景之外，還應該對景吟詠詩賦，以暢胸懷！

《紅樓夢》第四十九回寫寶玉一清早心裡記掛著今天是詩社的日子，天一亮就爬起來，掀開帳子只見窗上光輝奪目，心下卻是十分擔憂，怕天氣一放晴，就不下雪了。於是連忙揭起窗屜，往玻璃窗外一看，原來不是日光，竟是一夜大雪，下得有一尺多厚，而今天上仍是搓綿扯絮地下個不停……。

寶玉歡喜非常！趕忙盥漱，穿上一件茄色哆羅呢狐皮襖子，外罩一件海龍皮小小鷹膀褂子，束了腰，披了玉針蓑，戴上金藤笠，登上沙棠屐，出了院門，四顧一望，一片銀白世界，遠遠瞧見朦朧的青松翠竹，分外詩意，而自己卻彷彿是被裝在玻璃盆裡一般。他一路踏雪尋至蘆雪庵，剛走到山坡之下，忽然一股寒香撲鼻。回眸一望，恰是櫳翠庵中有十數株紅梅樹，此時如同烈火胭脂一般，映著雪色，分外搶眼，寶玉頓感逸趣橫生，隨興站在妙玉的門外，細細地賞玩了一回紅梅。

大觀園眾人在冬季起社作詩的地點選在蘆雪庵，這是幾間土壁茅屋，建在傍山臨水的河灘之上，四面都以蘆葦掩覆，推窗即可垂釣，富有隱逸的野趣。這蘆雪庵外有一條小路，逶迤度過，便可直通藕香榭的竹橋。寶玉在蘆雪庵裡，只見幾個丫鬟和婆子在掃雪開徑，原來是他興奮過頭了，來得太早，因而尚未見到其他姊妹。

眾丫鬟、婆子見他披蓑戴笠而來，都笑道：「我們才說正少一個漁翁呢！如今果然齊全了。姑娘們吃了飯才來呢，你也太性急了！」蘆雪庵臨溪垂釣的閑逸情趣，可以從丫鬟、婆子們的笑語中，感受得到。那寶玉聽說姊妹們都還未用早點，只得無奈地先回房去。剛走至沁芳亭，迎面見探春正從秋爽齋出來，圍著大紅猩猩氈斗篷，戴著觀音兜，扶著小丫頭，後面一個婦人打著青綢油傘。探春這時正往上房去給老太太請安，而這又是一幅典雅的冬季仕女圖，照見曹雪芹的作品中，無論是園林藝術，抑或人物的妝點，皆有意境、有畫面，不僅可堪玩味，而且耐人細細領略。

松灰籠暖袖先知

——精緻的日用手工小五金

乘冰床、賞梅詠雪，自然是賞心樂事！不過在這樣天寒地凍的時節，太太、姑娘們手裡都握著一個溫暖的銅爐。它的做工、材質是如何地精緻講究？而所燃燒的松灰、銀霜炭，又是多麼地細緻？尤有甚者，這些日用的小物品背後隱喻著怎樣的人生故事？且讓我們一探究竟。

《紅樓夢》第六回寫劉姥姥第一次進榮國府，當她走進王熙鳳的客廳，只見門外鏨銅鉤上懸著大紅撒花軟簾，南窗下是炕，炕上大紅氈條，靠東邊板壁立著一個鎖子錦靠背與一個引枕，鋪著金心綠閃緞大坐褥，旁邊有銀唾沫盒。如此富麗堂皇的景象，將王熙鳳襯托得更加風姿綽約。

那鳳姐兒家常帶著紫貂昭君套，圍著攢珠勒子，穿著桃紅撒花襖，石青刻絲灰鼠披風，大紅洋縐銀鼠皮裙，粉光脂豔，端端正正坐在那裡，手內拿著小銅火箸兒撥手爐內的灰。

大丫鬟平兒站在炕沿邊，捧著一個小小的填漆茶盤，盤子上是一個小蓋鐘。鳳姐也不接茶，也不抬頭，只管撥手爐內的灰，裝模作樣慢慢地問道：「怎麼還不請進來？」一面說，一面抬身要茶時，才見到周瑞家的早已帶了兩個人站在她面前了。這才忙欲起身，然而也只是作作樣子，實未起身，只是滿面春風地問候劉姥姥，又假裝嗔怪周瑞家的怎麼不早說！

到了小說第八回，寫林黛玉早對賈寶玉對薛寶釵言聽計從的態度感到不滿，只是一時找不到借題發揮的著力點。只好嗑著瓜子兒，抿嘴笑。可巧小丫鬟雪雁走來，與黛玉送了個小手爐，黛玉終於找到諷刺賈寶玉的機會了，因而含笑問她說：「誰叫妳送來的？難為她費心，那裡就冷死了我？」

雪雁道：「是紫鵑姐姐怕姑娘冷，差我送來的。」黛玉一面接了小手爐，抱在懷中，一便笑道：「也虧妳倒聽她的話。我平日和妳說的，全當耳旁風；怎麼她說了妳就依，比聖旨還快呢！」

寶玉聽這話，知道黛玉是藉此奚落他聽寶釵的話，於是也無回覆之詞，只嘻嘻的笑了。而薛寶釵也素知黛玉是如此慣了的，因此也不去睬她。只有薛姨媽聽不懂其中的涵義，因而對黛玉說道：「妳素日身子弱，禁不得冷，她們記掛著妳倒不好？」

黛玉又是個最慣常強詞奪理的，是故立即笑著回答道：「姨媽不知道，幸虧是姨媽這裡，倘或在別人家，人家豈不惱？好像就看得人家連個手爐也沒有，巴巴的從家裡送個來。不說丫頭們太小心過餘，還只當我素日是這等輕狂慣的呢！」薛姨媽信了黛玉的話，說道：「妳這個多心的，有這樣想。我就沒這樣心。」

《紅樓夢》裡最任性的兩位高貴仕女，都曾以一個「小手爐」作為她們的道具，用以故作姿態、借題發揮。可知手爐在古代女性的生活中，不僅是掌中取暖的精緻小物件，同時還可能是這些奶奶、姑娘們信手拈來的表演工具呢！

手爐通常是銅製的，有時也被稱為袖爐或手熏，從這兩個名稱上也可以想見小手爐又可以放在袖子裡，既保暖也同時熏衣。它最早出現於唐代，到清朝已成為貴族人家常見的日用手工小五金，尤其是富貴女子掌中的愛用之物。

因為是女孩子們喜好的物件，因而極講究紋樣與裝飾，其形狀有瓜棱形、梅花形、海棠形……，提把也是工藝設計的重點，常見的有：弧形柄、花紋柄、竹節柄等。至於手爐上所刻畫的紋飾也反映了人們的希望與熱愛，因此有：福祿壽、和合二仙、竹報平安、喜上眉梢……。有些手爐上還刻畫了人物、花鳥與山水等紋樣，非常雅致，極具有藝術價值！

有些女子將精雅的手爐放在博古架上，當作擺設，使人賞心悅目，甚至用來熏香，也可以作為插花的器具。根據《鑒物廣識》等記載，古人對於手爐的工藝要求很高！除了爐身厚度均勻，雕鏤花紋手工精細，上等的手爐應是一體成型，不鑲嵌也不焊接，全用手工雕琢出來，刀功上寬下窄，每一筆觸都平整細緻。尤其是爐蓋與爐身需完美貼合，即使長年使用，也不會鬆動。而尤為使人讚歎的是，就算爐中炭火燒得旺盛，手爐也只是溫暖而不至於燙手。

從清代張劭的詩句：「松灰籠暖袖先知」，亦可以想見當時人們喜愛松枝的炭火，不僅能溫熱纖纖手指，同時也讓手腕與袖口熏上淡淡的香味。試想王熙鳳和林黛玉手捧著這樣精緻典雅的手爐，將更添優美姿態，使人賞心悅目。而凡是她們心中所想的，大概也都能透過撥動爐內細灰等小動作，含蓄隱約地傳遞出來。

九歌文庫 1225

紫金流夢——戀戀不捨的紅樓什物

作者	朱嘉雯
責任編輯	羅珊珊
創辦人	蔡文甫
發行人	蔡澤玉
出版發行	九歌出版社有限公司 臺北市105八德路3段12巷57弄40號 電話／02-25776564・傳真／02-25789205 郵政劃撥／0112295-1
九歌文學網	www.chiuko.com.tw
印刷	晨捷印製股份有限公司
法律顧問	龍躍天律師・蕭雄淋律師・董安丹律師
初版	2016年6月
定價	300元

書號　F1225
ISBN　978-986-450-061-1
（缺頁、破損或裝訂錯誤，請寄回本公司更換）

國家圖書館出版品預行編目資料

紫金流夢——戀戀不捨的紅樓什物 / 朱嘉雯著 .　初版. -- 臺北市 : 九歌, 民105.06

面； 公分. -- (九歌文庫 ; 1225）

ISBN 978-986-450-061-1（平裝）

1.紅學 2.研究考訂

857.49　　105006526